Oceani. 222

Della stessa autrice
presso La nave di Teseo

La felicità degli altri

Carmen Pellegrino

Dove la luce

La nave di Teseo

ISBN 978-88-346-1714-4

Prima edizione La nave di Teseo febbraio 2024

A Rosanna Guerra,
in memoria

Credevamo di essere salvi. Figli dei figli di un miracolo, guardavamo all'Europa che si univa, guardavamo a una nazione che era stata vestita di pezze, poi con la camiciola nera, ma che ora, tutto d'un tratto, poteva comprarsi la pelliccia di visone, a rate.

Ingagliarditi dalla salvezza, avremmo viaggiato per terre incognite, lavorato il giusto, inseguito il sogno, senza più le angosce che i nostri padri avevano placato con il posto fisso, il risparmio, le ferie in agosto, e questo fino alla pensione, la più solida delle certezze.

Avevamo creduto di essere salvi, migliori e più sensibili dei nostri vecchi: potevamo dedicarci a scoprire qualcosa di bello e più profondo sulla vita stessa, il gusto del deserto, l'ardente furore di chi può dubitare di tutto, anche della patria, di Dio, della famiglia.

Nessuno ci aveva detto che eravamo perduti all'origine.

Roma, aprile 1987
(i giorni della scomparsa)

Era la settimana di Pasqua, che quell'anno cadeva il 19, e a Gessopalena c'era fermento. Da qualche tempo, infatti, nei giorni della Settimana Santa la collina disabitata del paese perdeva il concerto vario dei lupi e dei marsicani che le era proprio e si trasformava in una gloriosa succursale del Golgota. Con notevole spolvero di attori in costume e croci di legno tenute insieme dal fil di ferro, veniva messa in scena una monumentale Passione di Cristo; una Via Crucis per quadri animati che cominciava sul sagrato della chiesa dei Raccomandati, in piazza Roma, e finiva in alto, tra i ruderi dell'antico abitato. Lì, sugli speroni di gesso lucente, Cristo andava a crocifiggersi.

Anche quell'anno Milo sarebbe partito da Roma il Giovedì Santo con il treno delle 9 diretto a Pescara. Dalla città, poi, riempita la borraccia di acqua fresca, avrebbe preso la corriera per Gessopalena e a forza di strada avrebbe raggiunto il colle del supplizio, in tempo per vedervi salire il giovane Cristo. Anche quell'anno, all'approssimarsi della partenza, gli tornò identico il pensiero dell'anno precedente: ancora una volta ci era arrivato vivo. Lui, per il quale la vita era una cosa già successa, non smetteva di vivere. Notte dopo notte, si augurava di spirare nel sonno senza accorgersi di niente, o di crepare assiderato, tanto dormiva all'aperto; notte dopo notte, stagione dopo stagione, sperava che un bercione gli spaccasse la testa, e a tale scopo la lasciava sempre a vista, a portata di bottiglia. Invece viveva. Lo chiedeva a Dio, di toglierlo da questa terra sfavorevole, glielo chiedeva con la mano sul cuore, visto che il coraggio del gesto risolutivo non lo aveva; andava a chiederglielo perfino nei luoghi santi, perché gli giungesse meglio la sua preghiera. Che ti costa?, diceva rivolto all'Infinito con la mano sempre sul cuore. Un bacio a fior di labbra come al vecchio Mosè e l'anima finalmente lascerebbe il peso terreno. Preghiera dopo preghiera, si augurava che il Motore immobile di tutte le cose togliesse dalla terra quell'unica cosa che gli era riuscita male. Ma niente da fare, giorno dopo giorno puntualmente si risvegliava.

La notte tra il mercoledì e il giovedì a Roma era piovuto, e Milo era rimasto sveglio a lungo a guardare la pioggia, per la bella discrezione con cui l'acqua andava giù dritta e subito sfumava. In quei santi giorni aveva ripreso a dormire nella guazza di un giaciglio di fortuna nei pressi di piazza San Pietro, e nessuno gli aveva detto di sloggiare. Doveva ammettere che quella sistemazione gli dava conforto, come se un lapillo del fuoco soprasensibile scendesse a scaldarlo negli istanti che precedevano il sonno, e proprio allora pregava l'Incausato (aveva imparato una sequenza di termini con cui rivolgersi a Dio, per mostrargli in questo modo anche un certo impegno teorico e tanta dedizione) di chiudergli per sempre gli occhi.

Lungi dall'esaudirlo, anche quel giovedì l'Altissimo gli mandò un rinnovato segno della sua volontà di lasciarlo in vita. Difatti, poco dopo l'alba, mentre raccoglieva le sue cose in attesa che aprisse la panetteria di Nino che gli dava avanzi di pane del giorno prima, il Professore lo raggiunse.

Postiglione, febbraio 2023

Sono al paese, nella grande stanza tutta per me in cui anni fa studiavo e dormivo, ma che non ho mai pensato come la mia camera, con il poster di Simon Le Bon, il diario a lucchetto, i discutibili bon bons di Malizia.

Quando la casa nuova fu pronta – dopo il terremoto dell'80, costruita su più piani antisismici – ottenni dai miei questo stanzone inospitale e a tal punto freddo che in inverno, per non gelare, servono due termosifoni in ghisa e una stufa elettrica. Ma dal terrazzo ho una splendida vista, un belvedere di albe e tramonti sul mare d'altri, il mare di lontananza. E dalla finestra, su certe foglie a punta che fanno una casuale geometria di stelle.

Sono alla mia vecchia scrivania. Appunto questi pensieri come confidando, ancora, nella parola che non sia vinta, una parola che trovi, ancora, il modo per dire quanto non può dire. Ho lasciato la porta dischiusa. Dal salotto, dove c'è il camino accesso, giunge familiare il rumoroso dormire di mio padre, poi le voci dalla televisione, qualcuno che dice *leadership femminile*, qualcun altro nomina le monoclonali. Un confuso chiacchiericcio non perfettamente coperto dal russare paterno, puoi fare di meglio, padre, tu puoi, ogni cosa tu l'hai fatta meglio, e me lo ricordi tutte le volte che torno. In un angolo della scrivania ho ancora il vecchio Rocci. Apro a caso e ritrovo un senso di intimità con me stessa in quei caratteri greci minuscoli per i quali oggi mi servono gli occhiali. Stringhe di parole in cui è tutto già detto: traduci, traduci e ti troverai. Mano che una volta mi sollevasti, ha scritto Charles Wright, sollevami ancora, tirami fuori in carne e ossa, aggiustami gli occhi.

Mio padre sostiene che il vino, portato da un piano all'altro della casa, cambia, si annacqua. L'olio no, l'olio è più stabile. Gli ho detto che potrebbe essere un fatto di ψυχή, di soffio vitale che forse ai piani bassi è più forte, tra le cose più semplici e pure: un tavolaccio da cantina, un sacco di juta, quattro cose di poco valore. Ha detto che ci penserà. Magari avremo botti piene d'anima e berremo vivo tra povere cose che si offrono senza calcolo, e così vivranno per sempre, poiché solo ciò che non si dà muore.

Moltitudini

In *Decreazione*, Anne Carson scrive: "Essere uno scrittore significa costruire un grande, rumoroso, lucente centro dell'io dal quale la scrittura prende voce, e qualsiasi pretesa di voler annichilire questo io pur continuando a scrivere e a dar voce alla scrittura deve comunque coinvolgere lo scrittore in considerevoli sotterfugi e contraddizioni... Raccontare è una funzione dell'io."

Decreazione è una parola presa da Simone Weil, che aveva un suo piano per liberarsi dell'io, per disfare la creatura che è in noi, e questo meticoloso piano lo chiamava *decreazione*. "Non possediamo nulla in questo mondo," scrive in uno dei suoi quaderni, "se non il potere di dire 'io'. Questo è ciò che dobbiamo rendere a Dio." Anne Carson intende fare questo con le strutture portanti del pensiero occidentale: decreare, decostruire i generi letterari, dandocene una formidabile prova in cui stanno fianco a fianco il cinema di Antonioni e l'*Odissea*, Virginia Woolf e la riscrittura di Eloisa e Abelardo, i mistici e Samuel Beckett. Tutto è altro, incredibilmente.

Anche io intendo farlo con le strutture portanti di ciò che sono, strutture che risentono di qualcosa che assomiglia al destino – quello collettivo, non solo il mio personale –, sapendo di contenere moltitudini, come Walt Whitman, come tutti. Intendo farlo a partire da una sparizione che continua a interrogarmi. Federico Caffè scomparve quando io avevo dieci anni e, come tutti, vivevo a Postiglione: "un piccolo paesino alle pendici dei monti Alburni", scrivevo nei temi alle elementari. Un'unica maestra venuta da fuori, dal mare: con un cappello di lana in classe per *la cervicale*, aggravata dal freddo locale, masticava chewing gum bianco senza zucchero, noialtri gomme rosa piene di zucchero, e non si dice *piccolo paesino*, se scrivi *paesino* si capisce già che è piccolo; penso che ci odiasse in quanto montanari, io comunque l'amavo. Un paesino, dicevo, dell'osso del Sud, a 680 metri di altitudine, a tanti chilometri di curve da Eboli (dove Carlo Levi fermò per sempre il suo Cristo), a tanti chilometri dal mare.

Roma, pranzo di Natale del 1986
(quattro mesi prima della scomparsa)

Milo e il Professore si erano conosciuti il giorno di Natale del 1986. I particolari del loro primo incontro Milo li ricordava bene, anche se c'era stato un gran viavai quel giorno alla mensa dei poveri, soprattutto per le correnti di aria gelida che avevano spinto dentro tanti disperati che non avevano un riparo.

Fu per combinazione che lui e il Professore si trovarono seduti vicini al momento del pasto. E sempre per combinazione il Professore gli rivolse la parola. "In questa lasagna c'è la ricotta," disse a un tratto. "Non posso mangiarla, mi provoca imbarazzo gastrico." Quindi, ancora rivolgendosi a Milo e poggiandogli una mano sul braccio con cui l'uomo cingeva il piatto, aggiunse: "Sarebbe così gentile da prendere anche la mia porzione?"

Milo alzò gli occhi dal piatto e guardò quest'uomo distinto che gli sedeva di fianco; guardò la mano che continuava a tenergli sul braccio, mano curata, dita sottili; fece caso alla penna che fuoriusciva dal taschino della giacca, bella giacca, grigia, di qualità, e non poté fare a meno di pensare che quel tale era uno della maledetta banca che lo aveva rovinato. Anche se la lasagna era deliziosa, e lui non ne mangiava da secoli, fece di no con la testa, scostò il braccio dalla presa e tornò al suo piatto.

"La prego," insisté l'altro. "Non l'ho nemmeno toccata. È un peccato sprecarla."

Milo rialzò gli occhi dal piatto. La sua porzione di lasagna stava per finire e fuori infuriava un ventaccio. A memoria sua, mai il Natale si era presentato tanto freddo, o almeno non ne ricordava uno così da quando viveva per strada. Con un rapido ragionamento che teneva conto della notte precedente, concluse che doveva fare scorta di calorie se voleva superare la prossima notte allo scoperto.

"Su, la prenda," lo esortò il Professore. "Ne mangerei anch'io due porzioni se potessi."

Milo fu sul punto di accettare, poi di nuovo qualcosa lo frenò. "Ma che vuole da me?" disse d'un fiato. "Io non ho niente di niente, non ho casa, non ho un lavoro. Se avete ancora da prendere da me, prendete i miei vestiti. Non ho altro."

"Ma cosa dice?" Per un istante il Professore fu confuso dalla veemenza con cui gli si stava rivolgendo. "Io non voglio niente, le sto solo offrendo un piatto di lasagne."

Milo continuò: "Mi avete tolto già tutto, dopo una vita di oneste azioni. Tutto. Che mi è rimasto? Dormo per strada, dove capita. E dove capita accetto la pietà di un boccone. Cosa vuole da me?" E senza aspettare la risposta dell'altro, si ritrasse in sé stesso come quando infuriavano i venti di tramontana e lui a terra, all'addiaccio.

Il Professore restò in silenzio. Per quanti anni e attraverso quali andamenti della sorte quell'uomo aveva accumulato tanta paura? Fu preso da commozione sincera. "Sono un professore, cosa crede? Sono solo un professore che vive di modeste realtà."

Milo riportò gli occhi su di lui. "E cosa ci fa un professore in una comitiva di miserabili?"

Il Professore accennò un sorriso. “Non volevo passare il Natale da solo. I miei parenti sono tutti a Pescara, dovevo raggiungerli, ma con questo tempo non è stato possibile. La scorsa notte c’è stata una brutta gelata.”

“Me ne sono accorto,” disse Milo; poi, dopo una breve pausa gli si rivolse finalmente calmo: “Quindi lei conosce Pescara?”

“Altroché! Ci sono nato.”

Milo raschiò con la forchetta di plastica le ultime tracce di lasagna rimaste sul fondo del piatto, anche quello di plastica. A pensarci, non ricordava più che sapore avesse il cibo consumato in un piatto di ceramica. Sua moglie, una volta, aveva acquistato dei bellissimi piatti vietresi: un servizio da dodici, uno diverso l’altro. Che colori! Che disegni!

“Io ci vado nel periodo di Pasqua,” disse come scuotendosi dai suoi cocci. “Da Pescara poi raggiungo Gessopalena, che è dove sono nato.”

“Ah! Anche lei abruzzese, che coincidenza! Ha lì la sua famiglia?

“No, non c’è più nessuno. Ci torno per la Via Crucis.”

Roma, sera di Natale del 1986

Mia cara Adolphine,

rileggo con sincera commozione un tuo scritto che ho ordinato per corrispondenza, ma che un servizio postale per niente efficiente mi ha consegnato con diverse settimane di ritardo. Non è una questione da dibattere in una lettera come questa, e non intendo farlo ora che ho da dirti cose più importanti, ma non riesco a evitare di pensare che se ciascuno facesse il proprio lavoro non dico con dedizione, che è un concetto personale e direi intimo e nessuno può pretenderne da un altro, ecco, se ciascuno facesse il suo dovere con almeno quel tanto necessario a non causare grattacapi agli altri, quanto se ne gioverebbe l'intera comunità? Ci penso spesso al mattino, un pensiero tra gli altri mentre scendo per la serpentina che da casa conduce al resto della città, come sempre diretto all'università, anche se ormai sono poco più di un professore-suppellettile che dispensa saggi consigli, non potendo fare altro.

La città, voglio soffermarmici un istante. Distesa in basso, sembra un acquitrino disegnato a caratteri cubitali sulla mappa del mondo: a volte vado così, per sciocche associazioni, perché così mi piace andare, senza amare alcuna cosa, senza dare importanza agli alti palazzi, alle architetture millenarie, nulla all'infuori delle vite che in quelle acque basse annaspano.

Migliaia di anni fa, scrivi, gli Egizi pensavano che un'anima non potesse giustificarsi dopo la morte se non poteva dire: "Non ho fatto patire la fame a nessuno", e che tutti i cristiani sanno di dover udire, un giorno, Cristo dir loro: "Ho avuto fame e tu non mi hai dato da mangiare." Concordo con te, pienamente, quando scrivi che esiste un obbligo verso ogni essere umano per il solo fatto che è un essere umano, e che nessuno penserà sia innocente chi, avendo cibo in abbondanza e trovando sulla soglia della propria casa un essere umano mezzo morto di fame, se ne vada senza dargli aiuto. Sembrano, le tue, parole venute da un altro mondo, un mondo che io credo ancora possibile, ma ormai ci credo come un vecchio pazzo che aspetta di vedere passare la stella cometa.

Oggi al pranzo di Natale, in una mensa caritatevole, ho conosciuto Milo, un uomo picchiato dalla sorte, costretto a tendere le mani verso il pane degli altri, ma con un residuo di dignità indistruttibile. Ti parlerò di lui se, come spero, avrò modo di conoscerlo meglio.

Mi accorgo che è notte fonda, anche questa sera sono entrato nel regno notturno non avendo altri compagni che il silenzio e te, mia buona amica, con la quale sino all'aurora dividerò il desiderio di vedere le stelle e la luna. E nessuna cosa amerei di più, adesso, del vedere con te le stelle e la luna. Tu non lo puoi sapere, ma qualche volta io, persino io, un catorcio d'uomo economico che va a letto con un bicchiere di latte tiepido e una fetta di pane perché il suo stomaco non può più digerire altro, persino io, dicevo, qualche volta mi inoltro nella notte più fitta e ti accompagno mentre tu guardi le tue stelle e la luna, mia Adolphine, amica sublunare. Posso osare dirti che sei diventata un pensiero di velluto che si fa largo tra gli altri, che di velluto non sono?

Ti scriverò presto.

Sempre tuo

Roma
(anni prima della scomparsa)

Potremmo metterla così: il Professore si rappresentava il progresso come il passaggio a uno stato della società nel quale, prima di tutto, la gente non soffrisse la fame. Riteneva pertanto il lavoro, che andava garantito a tutti, un obbligo eterno verso l'essere umano. In questa prospettiva, non era dunque un caso che si muovesse sugli autobus per osservare la gente, che facesse lunghe camminate nei quartieri più sventurati, che frequentasse la mensa dei poveri, dove aveva conosciuto Milo, abruzzese come lui e come lui convinto che chi è stato morsicato dalla serpe ha paura anche della lucertola.

A Roma il Professore ci si era trovato, e vi era rimasto per una serie di coincidenze favorevoli; poi l'aveva pure amata, quella eterna successione di rovine, come si può amare una città grandiosa che non ti accoglie mai del tutto, ma neppure ti respinge. Lui veniva da Castellammare Adriatico, sulla sinistra della foce dell'Aterno, di fronte al vecchio centro di Pescara, e qui aveva avuto chiaro fin da giovane che le possibilità che il destino riserva agli uomini sono solo in parte orientabili, e che a far fortuna in imprese rischiose non sono gli uomini nati nella bassa o media condizione. Così, preso il diploma, si era trasferito nella capitale, ospite di una cugina, per studiare Economia. Scelta avveduta e volontaria, certo, ma in parte dettata dal contesto, a cui non si era opposto. Sapeva, infatti, che quelli nati in una famiglia di condizioni modeste, nel centro o nel sud dell'Italia dei primi del Novecento, dovevano quasi sempre rinunciare alle proprie velleità in vista di scelte adeguatamente ponderate, concrete, scelte di maggiore saggezza. A lui toccò rinunciare allo studio del violino, nel quale pure riusciva bene per innata disposizione, giacché soldi da spendere in lezioni di musica in casa non ce n'erano. Il padre lavorava nelle ferrovie, la madre aveva un piccolo laboratorio di sartoria; possedevano un pezzo di terra e non esitarono a venderlo per poter garantire gli studi universitari a questo figlio tanto dotato. E visto che era bravo nel fare i conti – lo confermava anche lo zio Antonio, che gestiva il cinematografo di Pescara e aveva affidato proprio a lui la vendita dei biglietti e la contabilità – fu indirizzato verso studi ragionati, contro l'impalpabilità della musica o anche della letteratura, per la quale allo stesso modo della musica aveva innata passione. Era il buonsenso dell'Italia povera del sud, avrebbe detto lui stesso qualche anno più tardi, quando riacquistò la terra di cui i suoi si erano privati e la restituì alla madre (il padre era già morto), in segno di gratitudine per i sacrifici che avevano fatto per lui.

Roma, 1 gennaio 1987

Mia cara Adolphine,

averti in questo anno che comincia oggi, averti come il caldo odore del pane. Il tuo volto: due occhi che non si sottraggono. Con un po' di imbarazzo voglio dirti che a lungo ti ho cercata, mia diletta, quanto ti ho attesa. Siamo sconosciuti e imprecisi, ma a me sembra di averti continuamente parlato negli anni che si sono avvicendati senza una carezza sul cuore. Si può vivere senza amore, Adolphine? Abbiamo avuto le nostre compensazioni, d'accordo. Lo studio, l'impegno, gli allievi, i familiari, gli amici, e ancora l'impegno. Ma due occhi che guardano solo te, che ti guardano addolciti anche se non hai attratto mai nessuno sguardo che non fosse d'istituzione, due occhi che ti raccolgono e trattengono di te l'immagine che più intimamente ti somiglia, due occhi così mi sono mancati, Adolphine, e ora capisco quanto. Questo bene che viene da lì io non l'ho avuto, forse me lo sono negato. Da una mia allieva, anni fa, seppi di un poeta friulano, un professore, che a metà della sua vita prese una decisione di assenza perseguita con coerenza e determinazione. Si ritirò da ogni forma di mondanità e trascorse il resto della vita nascosto in casa, ostinatamente segreto e con un sospetto di commerci occulti con la magia, con l'illusionismo, ma in realtà dedicandosi alla poesia, l'"amara invenzione", e con il cuore al caldo, confortato dalle mani di sua moglie sulle sue.

Ecco, mia cara amica, prendi queste mie righe come vengono, senza cercarvi più di un piccolo significato. Questa sera non riesco a scriverti altro che questo, nient'altro che un sogno, e non uso la parola *visione* perché peserebbe a me quanto a te. Tu scrivi che se a orientare l'anima è l'amore, tanto più ci si accosta alla bellezza del mondo. Nella corrispondenza del nostro sentire, in questi scambi grazie ai quali, anche se sconosciuti, ci sembra di vivere insieme e, contemporaneamente, in luoghi diversi, io torno a sentire la libertà che è del vero, profondo amore. Tento allora di restituirti qualcosa di bello, se credi che possano esserlo anche queste mie vane scritture, che mi sono di conforto tra i duri fatti che devo irrevocabilmente affrontare.

Sempre tuo

Le otto del mattino.
Tu e io siamo in un posto in cui siamo già stati.
Li vedi quegli alberi da frutto?
Vorrei correre, fare come a vent'anni,
saltare di albero in albero,
cogliere frutti e mangiarne.
Il gatto – ricordi il nostro gatto? – anche ora ci viene dietro.

Le cinque della sera.
Siamo in un posto in cui siamo già stati.
Come una volta, mi soffi fiato sulla nuca,

sei sempre tu e lo avevo sognato.
Il gatto è ora sulla mia spalla,
affretta il miagolio,
ha fame, dice, fame.

In una palla di vetro, di quelle classiche con la neve,
ho appena visto noi due in una casa,
la nostra piccola casa dissestata,
con il gatto seduto in mezzo a noi.
Solo sogni di un vecchio, dirai.
Ma sembrava così vera,
anche se era anzitutto e quasi unicamente sogno.

Le otto di sera.
Siamo in un posto in cui non siamo mai stati.
Altissimo, onnipotente, scintillante d'oro è l'albero
sotto cui sediamo.
I tuoi occhi sono pieni di sole.

Abbiamo percorso migliaia di chilometri,
da est a ovest di questo centro,
abbiamo ascoltato il canto dei fiumi,
la grandezza del loro scorrere eterno.
Ora estenuati siamo in attesa,
l'attesa di cose nuove.

Questo fa l'amore, dicono i poeti.
Dicono che questo fa l'amore:
mia creatura – dicono che dice – hai pianto abbastanza;

ora sono qui con te,
e ti porto tra le mani.
Questo fa l'amore, dicono i poeti.
E a questo io credo.

Napoli, primavera 2022

Le telefonate con mio padre, negli ultimi tempi, sono ad argomento unico: la terra che dà, la terra che toglie. Come se io potessi capire, mi parla delle sue future angurie, dei pomodori da cui ricaverà conserve. Mi parla come se io potessi sentire allo stesso modo, mi racconta le fatiche che deve fare, le erbe infestanti, gli insetti che non uccide ma dissuade con una mistura che li allontana, e le pietre, poi, quelle vanno tolte una ad una. Parla a me, l'ultimo anello di una lunga catena di generazioni legate alla terra, con le quali suppone io abbia un'affinità sottile e persistente, un sentimento così esclusivo da poterne ricevere i segreti. Come se io potessi capire il peso che si accolla per la vigna e l'uliveto, continua a raccontare, a volte con un filo di voce per la stanchezza.

Da qualche tempo sto cercando di ricostruire l'albero genealogico della mia famiglia, per ora solo del lato paterno. Dagli archivi indicizzati sul portale dei Beni culturali sono riuscita a risalire ai bisnonni e ancora più su. Tutti contadini. Nessuno, nel momento di dichiarare le nascite dei figli, sottoscriveva personalmente, in quanto *illetterato*:

dichiarante illetterato
dichiarante illetterato
dichiarante illetterato

Se ora penso alla circostanza – chiamiamola così – per la quale io, da quando ho imparato, non faccio che leggere e scrivere, voglio pensare che nulla accada per caso. E che non siamo dei pezzetti di materia lanciati nel nulla, slegati e vaghi, ma parte di qualcosa di più grande e complesso. Forse anche di un sistema che a un certo punto chiede delle compensazioni. È come se inciampassimo sempre nelle stesse esigenze che si sono presentate in una vita precedente, o nelle vite di quelli venuti prima, e vi inciampiamo finché non arriviamo a capire che quelle esigenze vanno esaudite. Allora, forse, io scrivo per tutti quelli che nella mia famiglia non hanno potuto farlo. Leggo per quelli di loro che non sapevano leggere, ma avrebbero voluto entrare in quei mucchi di segni incomprensibili attraverso i quali spesso venivano ingannati, frodati, umiliati da chi *aveva avuto la scuola*.

Non puoi stare dietro a tutto – dico a mio padre con un tono che mi esce didattico –, la terra, il vento che spezza i filari e tu che ti affatichi inutilmente, ma che senso ha? Goditi la pensione che io non avrò mai, e riposati.

La pensione. Quella cosa che la mia generazione e le successive probabilmente non avranno. D'improvviso ti scopri a dovertene occupare, rompi il salvadanaio di porcellana a forma di maialino, lucido e panciuto, regalo dei nonni alla tua nascita insieme ai buoni postali fruttiferi che hai riscattato appena è stato possibile, e scopri che non hai un soldo di contributi previdenziali, perché in nessuno dei tanti lavori che hai fatto te li hanno versati. Eppure paghiamo, incessantemente paghiamo, mentre tassano i nostri magri guadagni, incerti fino all'ultimo centesimo, per servizi e prestazioni di cui non usufruiamo. Paghiamo le pensioni dei nostri padri, paghiamo le pensioni agevolate, quelle teneramente dette *baby*, erogate dopo meno di vent'anni di lavoro a migliaia e migliaia di dipendenti pubblici. Paghiamo per il nostro passato, paghiamo il nostro passato. Ma noi di chi saremo il passato? La faccenda della nostra futura anzianità sembrava qualcosa di trascurabile e lontano, non pensiamoci ora, ci penseremo domani. Al contrario di Paul Nizan che, in *Aden Arabia*, scriveva che non avrebbe permesso a nessuno di dire che vent'anni è la più bella età della vita, ritenendo la giovinezza una malattia da cui guarire in fretta, noi nella giovinezza siamo rimasti impigliati. Siamo, di fatto, la prima generazione che sta peggio della precedente. Chi pagherà per noi?

"Dai, papà," insisto al telefono, "a un certo punto lascia perdere, molla qualcosa. Chi te lo fa fare?"

C'è silenzio. Interminabili istanti di silenzio telefonico.

"Non hai imparato niente dai libri che hai letto," dice lui prima di mettere giù, e sembra affranto. "Se io curo la terra mi prendo cura di voi figlie, e se penso a voi figlie è come se pensassi a me."

Ho una sorella che nemmeno sa dove si trovano queste pezze di terra a cui io, di tanto in tanto, provo a riportarla con la romantica argomentazione di noi venute su dalle zolle. Se proprio ci tieni, dice lei, vacci tu ad arare. Non posso escluderlo, penso tra me. Al momento non so guidare una macchina, ma ho portato una volta un trattore, avevo dieci anni e l'ho guidato, stando in piedi, per un considerevole tratto, e in quegli istanti di profetico movimento giurerei che si delineò un ordine, l'ordine di giorni antichi.

Roma, 21 marzo 1987

Mia cara Adolphine,

in questo inizio di primavera, nell'anno per me più faticoso, desidero dedicarti i versi di un poeta che teneva insieme realismo e veggenza, come per certi impietosi versi (e non parlo di poesia) è toccato anche a me.

La conosci, tu, Dafne, quell'antica romanza,
Ai piedi del sicomoro o sotto i bianchi allori,
Sotto l'olivo, il mirto, o i tremolanti salici,
Quella canzone d'amore… che sempre ricomincia?

L'amore, per Gérard de Nerval, era qualcosa di assoluto, una forza ideale in grado di vivificare le proprie rovine. Qualche volta, andando con le mie solite associazioni, tu mi appari come appariva al poeta la figura di Jenny Colon, la giovane attrice morta troppo presto di cui il poeta si era innamorato. Come Beatrice con Dante, Jenny compare in una novella in una veste trascendente, e sembra incaricata della missione di salvare il poeta da sé stesso.

Ricordo ancora la prima volta che ho letto le tue righe. Di colpo, quel giorno è diventato uno di quelli che non finiscono al tramonto. In seguito, passo dopo passo, nei nostri scambi di parole vibranti per la giustizia e il rispetto della dignità umana, parole appassionate all'idea di Dio, cui corrispondere senza limiti confessionali, ho sentito che quell'amore sensuale che nessuno dei due ha mai sperimentato poteva ora prendere forma, e riportare la vita là dove non sembra possa essercene più. Ho un mio piano per realizzare tutto questo, ma te ne parlerò a tempo debito, e non manca molto.

Tu scrivi della luce, anzi del desiderio di luce che produce luce. C'è vero desiderio quando c'è uno sforzo d'attenzione. Se anche gli sforzi d'attenzione rimanessero per anni apparentemente sterili – e questo l'ho sottolineato con due tratti marcati –, un giorno una luce a essi esattamente proporzionale inonderà l'anima. Mia cara amica, sono con te nel ritenere l'attenzione la forma più rara e più pura della generosità.

A questo proposito torno a parlarti di Milo, di cui ti ho scritto in precedenza e che dal pranzo di Natale frequento con una certa assiduità. Ho saputo la ragione della sua sventura. Senza entrare nei dettagli che ti annoierebbero, mi limito a dirti che si è fidato di una banca e ha perso i suoi risparmi, tutti. Il fallimento di quella banca ha svelato indegni altarini, occulti sistemi di controllo di società finanziarie, paradisi fiscali all'estero, tutto abilmente orchestrato da Michele Sindona, un banchiere che godeva di larghe coperture politiche. Il tribunale di Milano, un anno fa, lo ha condannato all'ergastolo per l'omicidio di Giorgio Ambrosoli, il giovane avvocato esperto di procedure fallimentari che doveva occuparsi della liquidazione della banca. Condanna al cadavere, mi verrebbe da dire, visto che Sindona è morto in carcere pochi giorni dopo, per le conseguenze di un caffè al cianuro. Dovrò dirti cose, raccontarti dei miei anni alla Banca d'Italia. Ho fatto tutto quel che dovevo con il senso di dedizione cui accennavo in un'altra lettera. Ma ora sono così stanco. Mi sembra di sopravvivere a me stesso, in una profonda separazione dalla vita che si svolge fuori da questa mia stanzetta che ricorda la cella di un monaco. E anche mentre ti scrivo di me, mi sembra di scrivere di qualcuno che già non c'è più. Ho ripreso a leggere l'ultima opera di Musil, *Pagine postume pubblicate in vita*. Il poeta di lingua tedesca non è da un pezzo sopravvissuto a sé stesso?, si chiede ironicamente l'autore nell'introduzione. La domanda di Musil – anche lui caduto nell'oblio e nell'isolamento – è la stessa che mi sto ponendo io. Ma tu non sentirtene oppressa, e dopo aver letto questa pagina piena delle quisquiglie di un vecchio, stiracchia le membra e addormentati tranquilla. Ho sì messo un velo scuro su un frammento della scena del mondo, ma tutto il resto è in piena luce, lo vedi?

Sempre tuo

Rai 2, 10 settembre 2010

"Secondo lei, perché Ambrosoli è stato ucciso?"

"Mah... Questa è molto difficile, io non voglio sostituirmi né alla polizia né ai giudici... Certo era una persona che, in termini romaneschi, direi che se le andava cercando."

È Giulio Andreotti che parla, intervistato da Giovanni Minoli per la trasmissione *La storia siamo noi*. Il senatore ormai novantunenne si è lasciato sfuggire un commento che, con la disinvoltura della battuta, cela qualcosa dalla lunga incubazione, qualcosa che porta a intrighi di crimine, potere economico e politica, e alla condizione soffocata dell'autorevolezza di quello Stato in cui Federico Caffè credeva fermamente, e ci ha creduto mio padre, e per un tratto della strada anche io. A ogni modo, per quella battuta Andreotti fu costretto a scusarsi.

"Chi era Giorgio Ambrosoli?"

"Un cittadino italiano che si mette al servizio dello Stato e assolve con umiltà e semplicità il proprio compito," sono le parole dell'ex presidente della Repubblica Carlo Azeglio Ciampi, raccolte nella stessa intervista.

L'avvocato Ambrosoli, che avrebbe compiuto quarantasei anni il 17 ottobre del 1979, aveva preso seriamente il suo incarico di commissario liquidatore della Banca privata italiana di Sindona, incarico che svolgeva con un inattuale e funesto senso di responsabilità verso lo Stato. Dopo numerose minacce, il suo destino dovette compiersi. Sindona, che nel frattempo era stato incarcerato in America per i dissesti della Franklin National Bank, commissionò l'omicidio di Ambrosoli all'italoamericano William Aricò, omicidio che fu eseguito sotto la sua casa di Milano la sera dell'11 luglio 1979. Sindona sapeva di poter contare su una rete fittissima di protezioni, di aiuti, di complici. Nella deposizione su Licio Gelli e la P2 resa alla Procura di Bologna il 2 aprile 1985, Nora Lazzerini – per qualche anno amante di Gelli – dichiarò: "Fui presente a due telefonate ricevute da Gelli fattegli da Sindona. Cioè fra la fine del '76 e gli inizi del '77. Gelli rassicurava Sindona, garantendogli che non lo avrebbero mai estradato dall'America e che a ciò avrebbe pensato lui."

Sempre nello stesso anno, il 20 marzo, era stato ucciso a Roma un giornalista, anche lui a pistolettate, nella sua auto a pochi passi dalla sede del giornale *OP*, che dirigeva. Si chiamava Mino Pecorelli ed era un altro che "se le andava a cercare", indagando con metodi talora discutibili sullo scandalo dei petroli e quello dell'Italcasse, sul golpe Borghese e su Sindona, indagando soprattutto sul rapimento di Aldo Moro e sui segreti inconfessabili dello Stato italiano. Nel momento in cui scrivo, non c'è ancora un colpevole per quella morte – né un esecutore, né un mandante – e si sospetta che non ci sarà mai: sono passati quarantaquattro anni e, sebbene il reato di omicidio non vada mai in prescrizione, la vita umana a un certo punto va incontro a una prescrizione naturale, per cui chi doveva pagare per quel delitto di sicuro in questa vita non ha pagato. Chissà nell'altra.

Napoli, 23 novembre 2022

Domani, a Fabriano, parlerò di Federico Caffè su invito di Daniele Archibugi, che di Caffè fu allievo. Domani capirò delle cose, spero. Soprattutto, per quale ragione da qualche anno leggo gli scritti di Caffè, circoscrivo la sua assenza, osservo quelli che lo hanno conosciuto, per tutti una presenza che agisce, non un'assenza.

In questa nostra storia qualcosa è rimasto fuori centro, qualcosa di cui non si trova il bandolo. Una sorta di destino, si sarebbe detto un tempo, fatto di trame che hanno modificato, e molto spesso travolto, le singole vite. Qualcosa di oscuro che cominciò a farsi sentire proprio nel momento che doveva essere di vera trasformazione, tra la fine degli anni settanta e l'inizio degli ottanta. Crack politici e finanziari, corsa all'arricchimento più sfrenato, capitalismo senza regole, crescita, sì, ma segnata da un indebitamento fuori norma. Laddove io nascevo, qualcosa moriva. La storia di mio padre e la sua speranza finivano mentre mi metteva al mondo. E forse per questo ci sono voluti tre anni prima che accettasse di farmi battezzare, come per prolungare la mia permanenza nel limbo dei non ancora del tutto nati.

In questo arco temporale in cui si arrestano le speranze di quelli come mio padre, Federico Caffè decide di sparire, sottraendo sé stesso, e pure il suo corpo, alle trame occulte in cui siamo rimasti tutti impigliati.

C'è un appello che lui e altri economisti sottoscrissero all'indomani del clamoroso arresto di Paolo Baffi e Mario Sarcinelli, rispettivamente governatore e vicedirettore della Banca d'Italia, i quali avevano resistito con ogni forza alle pressioni volte a favorire Sindona. Nel marzo 1979 i due furono accusati dalla Procura di Roma di interesse privato in atti d'ufficio e favoreggiamento personale. Sarcinelli venne arrestato, Baffi evitò il carcere in ragione dell'età avanzata. Nell'appello, che immagino redatto da Caffè di notte al suo scrittoio illuminato da una candela, gli economisti sottoscrissero: "Conosciamo da anni la dirittura morale, l'impegno intellettuale e civile e la competenza tecnica di Paolo Baffi e Mario Sarcinelli; siamo certi della loro assoluta correttezza nello svolgimento dei compiti del loro ufficio. Che le più recenti decisioni della magistratura siano state precedute da una lunga e vergognosa campagna di diffamazione e che esse siano state prese in un clima di tensioni e sospetti che finiscono per riflettersi sulla stessa magistratura, aumentano il nostro senso di grave allarme per le sorti della democrazia in Italia."

La sentenza di proscioglimento da ogni accusa arrivò solo nel 1981. Era emerso inoltre, nel corso delle indagini su Sindona, che l'operato dei due aveva costituito "un oggettivo ostacolo agli interessi finanziari facenti capo al 'sistema di potere' della P2, del quale Sindona e Calvi erano solo due esponenti di rilievo".

Roma, notte tra il 14 e il 15 aprile 1987
(i giorni della scomparsa)

Dal suo appartamento di Monte Mario, il Professore si era allontanato prima che sorgesse il sole e lo aveva fatto in punta di piedi, per non svegliare il fratello. Non aveva con sé bagagli, come se andasse a fare un giretto nel quartiere, ma aveva messo il vestito buono e il cappotto che usava nei mesi più freddi. Un'ora dopo l'alba, il fratello bussò alla porta della sua stanza per dirgli che la colazione era pronta. Il letto era disfatto e sul comodino erano in bell'ordine l'orologio, le chiavi di casa, il passaporto, il libretto degli assegni, gli occhiali. Il fratello considerò che qualche volta il Professore usciva di casa in tutta fretta per arrivare in anticipo in dipartimento, soprattutto se aveva tesi da correggere, ma non si era mai scordato le chiavi, l'orologio, addirittura gli occhiali. Proprio sugli occhiali si sarebbero incentrate alcune delle ipotesi sulla sua scomparsa: un professore come lui, un economista ancora interpellato (nota bene: *ancora*), un letterato che amava leggere e disquisire di libri, non si sarebbe mai separato dal suo unico paio di occhiali. A meno che…

La testa.

"Ho solo questo: io sono tutto nella mia testa," diceva. "Finirà che la perderò ma la carcassa andrà avanti."

Lo ripeteva spesso negli ultimi tempi. Ripeteva al fratello e agli amici più vicini la sua grande paura di ritrovarsi smemorato, privato dall'avanzare dell'età delle sue facoltà mentali. "Guarda come tutto finisce," diceva al fratello, il quale ogni volta gli faceva notare chc in realtà stava benissimo e non doveva preoccuparsi di cose che non erano ancora accadute. "Ma ho perduto la mia capacità di lavorare," ribatteva lui. "Non è così," lo rassicurava, "lavori sempre." Qualche mese dopo la scomparsa, il fratello dichiarò alla stampa che il Professore sembrava consumarsi in questo pensiero. E mangiava pochissimo, "ballava nei vestiti". Da quando non era più di ruolo all'università, si era come spento. Era prevedibile: l'insegnamento era stato la ragione della sua vita, l'impegno assoluto a cui aveva sacrificato anche la vita sentimentale, dato che i suoi allievi necessitavano di tutta la sua dedizione, erano i figli che non aveva avuto, i libri che non aveva scritto, diceva. Messo a riposo per limiti anagrafici – sebbene continuasse a frequentare il dipartimento e a interessarsi alle sorti dei suoi allievi –, si era via via sentito fuori posto, un pezzaccio di carne da portare a spasso ai giardinetti pubblici. A complicare la situazione ci si erano messe, poi, le ansie per la salute dei familiari (del fratello in particolare, sofferente di fegato) e la morte di tre dei suoi allievi più cari, uno dei quali ucciso due anni prima dalle Brigate rosse: al funerale il Professore pianse come un bambino.

Per queste ragioni, i familiari ritenevano plausibile solo l'ipotesi dell'allontanamento in preda a uno stato confusionale: nel pieno possesso delle sue facoltà, non avrebbe mai dimenticato gli occhiali.

Qualche anno più tardi, un quotidiano nazionale riprese l'argomento: "Quando si allontanò dalla sua casa, nella notte tra il 14 e il 15 aprile del 1987, lasciò sul tavolo della sua stanza gli occhiali che gli servivano per leggere. Fu quello il segno, inequivocabile, del suo congedo definitivo. Non leggere, per lui, equivaleva a non esistere."

Scatole nere

Il decennio nel quale Federico Caffè decise di sparire, o dal quale preferì allontanarsi, si annunciò con un aereo che, decollato da Bologna e diretto a Palermo, subì in volo qualcosa di terribile: si squarciò tra Ponza e Ustica e precipitò in mare. Degli ottantuno presenti a bordo – settantasette passeggeri e quattro membri dell'equipaggio – nessuno si salvò. Era la sera di un venerdì di giugno, il 27 giugno del 1980, e alle 20,59 l'aereo sparì dai radar. I soccorritori riuscirono a raggiungere il punto di impatto ma ci arrivarono solo dopo dieci ore, quando già il mare di Ustica stava restituendo pezzi dell'aereo inabissato e parte dei corpi sparsi in un raggio di quaranta chilometri. Tra i passeggeri, tredici erano bambini, due dei quali piccolissimi.

All'epoca io avevo tre anni e non rientravo ancora nella comunità dei vivi e salvi, giacché non ero battezzata e non lo era mia sorella, di due anni più piccola. Se per un evento del destino ci fossimo trovate su quel DC9 finito in mare, non avremmo neppure potuto contare su un accesso diretto al Paradiso, accesso che con tutto il mio cuore di treenne speravo venisse comunque assicurato ai bambini del volo. In quelle ore i telegiornali diffondevano notizie sempre più dettagliate sul disastro di Ustica, circolavano immagini, si vedevano fotografie di corpi spogli che galleggiavano, e il mio pensiero andava a loro, ai bambini: erano stati battezzati? Lo chiedevo a mio padre, che alzava le spalle in segno di disinteresse per quell'aspetto specifico della vicenda. Lo chiedevo a mia madre, che non aveva dubbi: di sicuro avevano ricevuto il battesimo, dato che nessun bambino nel mondo civile cresceva come me e mia sorella, cioè lontano dalla grazia di Dio. Il parroco del paese, don Antonio Vecchio, veniva spesso a casa a invitarci al battesimo e, quando la discussione con mio padre andava per le lunghe e restava a cena, quasi sempre volavano parole sull'ateismo socialista dell'uno e sul baciapilismo dell'altro. Mia madre, che vantava in famiglia un vescovo e, risalendo, addirittura un cardinale con il busto di marmo collocato all'ingresso di una chiesa, taceva e perlopiù continuava i suoi ricami appresi dalle monache, ma ogni tanto non riusciva a mantenersi: "Glielo dica, padre, gli dica che le figlie devono essere battezzate. Se morissero all'improvviso, che fine farebbero? Sospese in eterno a boccheggiare nell'acqua, e non sanno neanche nuotare." "Non è proprio così," ribatteva il prete, "ma questa scemenza del non battesimo deve finire." "Quando saranno grandi decideranno cosa fare," chiudeva mio padre, minacciando di sbattezzarsi lui stesso.

In questi miei ricordi infantili di discussioni sui puntigli battesimali, riaffiora spesso l'immagine di un cassetto che si apre – è il cassetto del tavolino di una Singer che è ancora da qualche parte, al paese – e mio padre che prende un libro, sempre lo stesso, con il segnalibro sempre tra le stesse pagine; quindi si schiarisce la voce e rivolto al prete, e indirettamente a mia madre, stando in piedi legge:

> I sacramenti hanno un valore specifico che costituisce un mistero, in quanto implicano una certa specie di contatto con Dio, contatto misterioso ma reale. Nello stesso tempo, hanno un valore umano in quanto simboli e cerimonie. Sotto questo aspetto non differiscono essenzialmente dai canti, gesti e parole d'ordine di certi partiti politici... Credo che la maggior parte dei fedeli (compresi anche alcuni che sono convinti del contrario) abbiano contatto con i sacramenti solamente in quanto simboli e cerimonie.

"Devo proseguire?" chiede subito dopo essersi interrotto, per poi riprendere a leggere.

> Vi devo la verità, anche a rischio di ferirvi, sebbene ciò mi sia estremamente penoso: amo Dio, Cristo e la fede cattolica quanto può amarli un essere così miserevolmente insufficiente... Ma non provo in alcun grado amore per la Chiesa propriamente detta, se non per il rapporto che essa ha con tutte quelle cose che amo. Sono capace di simpatia per quanti sentono questo amore, ma io non lo provo...È possibile che dopo aver evitato di rifletterci per settimane, mesi, anni, un giorno io senta all'improvviso l'impulso irresistibile di ricevere subito il battesimo, e allora correrò a richiederlo. Le vie della grazia nei cuori sono segrete e silenziose. È anche probabile che la mia vita avrà fine senza che io abbia mai provato questo impulso.

A quel punto mio padre riponeva il libro nel cassetto della Singer, riprendeva il suo posto in poltrona, accanto gli sedeva il prete, e dandogli una pacca sull'avambraccio diceva: "Allora Anto', vuoi aggiungere altro? È la giovane Simone Weil, una mistica, che scrive di rifiutare il battesimo, non io, non Giordano Bruno." Il prete borbottava qualcosa che non ricordo, poi il conciliabolo si scioglieva e ciascuno rimaneva con le proprie convinzioni.

Simone Weil. Questo nome, a cui non associavo null'altro che quei miei primi ricordi e un cassetto che non aprivo, mi ha accompagnato per anni senza sapere più di quanto non sapessi a tre anni, e cioè che neppure lei era stata battezzata. Ne seppi di più al liceo, poco di più in verità, ma abbastanza da indurmi a tornare alla vecchia Singer e alle sue segrete. Il libro era *Attesa di Dio*. Uno dei pochi libri non didattici, non utili, a cui mio padre ha assegnato qualche valore etico, e non per i faticosi appigli nella ricerca di Dio, non per l'investigazione spirituale, ma per la vita stessa della sua autrice, per la quale il pensiero e l'agire nel mondo coincidevano. Cosicché, mentre leggeva il *Vangelo*, studiava e scriveva, Simone Weil andava pure unendosi agli operai alla catena di montaggio, agli ultimi, agli oppressi, in breve ai dannati della terra. Questo piaceva a mio padre, l'idea di un cristianesimo lontano dalle pale d'altare, dagli ori e dagli stucchi, dalle gerarchie e dalle chiese che chiudono i battenti a una certa ora anche se, poco più in là, degli uomini giacciono a terra; un cristianesimo vicino, profondamente vicino alla ferita del mondo, al punto da ferirsene. Questo piaceva a mio padre, o almeno credo.

Quel che è certo è che il legame tra battesimo, speranza di salvezza e Ustica ha condizionato il modo in cui si prefigurava il mio senso di ingresso al futuro. Il futuro era la fede laica di mio padre, l'idea socialista che però sarebbe crollata più avanti. Ma era anche quello di una bambina che andava intrecciando il mistero della fede col mistero di Ustica, preparandosi a volgere gli occhi al cielo tutte le volte in cui le trame si stringevano come tanti invisibili cappi. Anni dopo, la bambina ormai cresciuta sapeva, come lo sapevano tutti, che c'era un abilissimo maestro nascosto nel macchinario intorno al quale si erano giocate, e continuavano a giocarsi, spietate partite a scacchi; un maestro che agiva da sotto nella finzione della trasparenza, manovrando i fili che animavano il fantoccio, esecutore automatico delle mosse del "segreto meglio mantenuto di sempre".

Nei giorni che seguirono, quando ancora non erano stati nemmeno recuperati tutti i corpi – e tanti, impigliatisi nei fondali assieme alla scatola nera dell'aereo, non verranno mai recuperati –, cominciò un averno di depistaggi, manomissioni, minacce, occultamenti, bugie, false testimonianze e grandi, grandissime occasioni di vergogna per lo Stato italiano.

Quel giorno, pare che i cieli sopra il Tirreno fossero fittamente percorsi da aerei militari – americani, francesi, libici – che combattevano una loro battaglia nell'aria occupando lo spazio sovrastante l'Italia; che, in verità, aveva acconsentito a limitazioni di sovranità in terra, in mare e in cielo: Italia filoatlantica di giorno per i debiti di guerra; filolibica di notte per le taniche di petrolio. Il DC9, partito con due ore di ritardo da Bologna, si era dunque trovato nel posto sbagliato al momento sbagliato, sebbene si trovasse esattamente nelle aerovie in cui doveva essere. Detto in breve, volendo il DC9 svolgere ostinatamente il suo compito di aereo di linea che conduceva passeggeri da un capo all'altro del paese, e avendo così, suo malgrado, intralciato piani altrove decisi, in un certo senso "se l'era cercata", con la stessa temerarietà degli uomini che in quegli anni andavano spericolatamente opponendo no secchi e imperituri alle volontà gridate da certi alti piani, forse i medesimi, scalino più scalino meno.

Il 2 agosto di quello stesso anno – trentasei giorni dopo Ustica – l'orologio della nazione si fermò alle 10,25. Una bomba, nascosta in una valigia, esplose nella sala d'aspetto della seconda classe della stazione di Bologna – Bologna, ancora –, causando crolli, travolgendo treni e auto, uccidendo ottantacinque persone, centinaia e centinaia i feriti. Dei sette bambini che morirono quel giorno alla stazione, Angela era la più piccola, aveva tre anni. L'esplosione che la sorprese in sala d'aspetto non le lasciò scampo e non ne lasciò a sua madre, il cui corpo letteralmente sparì. Fu un attentato di matrice neofascista, come accertato, ma i mandanti sono tuttora sconosciuti, mentre sono noti i nomi di quelli che compromisero irrimediabilmente le indagini.

"La stazione di Bologna è saltata, parlano di una caldaia," scriverà due anni più tardi Pier Vittorio Tondelli, dando conto della confusione che seguì ai fatti. "Arriva un casertano dagli uffici, trafelatissimo [...] Anche lui dice di questa storia, che al ministero c'è un po' di confusione ma che tutti credono in una fatalità e allora io dico che è davvero sfiga alta e massima che qualcosa si rompa proprio di sabato e per giunta d'agosto."

Morte e dissoluzione: così era cominciato il 1980. Il telegiornale restituiva le immagini della materia polverizzata, il sangue, gli italiani sconvolti che correvano da una parte all'altra – italiani che, a rivederli oggi nei video dell'epoca, erano ancora molto magri, e avevano parecchi capelli e i pantaloni che si allargavano sul fondo, ma meno di prima. Guardavo quelle immagini scorrere in televisione – i miei non avevano troppe cautele, non impedivano che entrassi in contatto con il dolore del mondo, forse nemmeno sospettavano che un bambino potesse restarne segnato – e piangevo senza capire niente, piangevo i morti sconosciuti, mettendomi sotto al televisore, piangevo per le macerie, intuendo in maniera semplice e immediata che quelle immagini mi riguardavano: ero io e non-io.

Roma, aprile 1987
(pochi giorni prima della scomparsa)

Come da sue indicazioni, il bagaglio che Otto aveva preparato per il Professore conteneva, tra le altre cose, un vecchio giradischi, numerosi vinili di musica classica, Mahler su tutti, oltre a un nuovissimo paio di occhiali. Il Professore lo aveva poi guidato nell'organizzazione di una borsa che contenesse dei libri selezionati minuziosamente, preferendo la letteratura all'economia, con un'aggiunta in corsa: il giorno prima di allontanarsi da casa, che era anche l'ultimo giorno in cui poté entrare in contatto diretto con Otto, lo pregò di procurargli una copia di ogni libro reperibile di Primo Levi. La sera dell'11 aprile il telegiornale aveva dato la notizia che Levi, a sessantotto anni, si era lasciato cadere nella tromba delle scale del suo palazzo, nel centro di Torino. Il Professore seguiva la notizia insieme al fratello. Ne fu sconvolto. Si alzò dal divano e si avvicinò al televisore. "Perché così?" disse a voce alta, portandosi le mani alle tempie. "Perché straziare i parenti?"

Quando incaricò Otto di procurargli i suddetti libri, libri di cui in passato si era privato per darli ai suoi allievi, come faceva spesso, aggiunse un commento che il ragazzo non comprese subito. Disse che le derive della memoria avevano evidentemente smesso di proteggere lo scrittore: il ricordo dell'offesa insanabile era tornato, rendendogli insopportabile il vivere ancora (nota bene: *ancora*).

E a proposito della memoria, qualcuno dei suoi allievi riferì agli inquirenti che da un po' di tempo il Professore diceva di soffrire di amnesie, ripeteva interi passi dell'*Odissea* per verificare la tenuta della sua memoria un tempo prodigiosa. "Tu non soffri di amnesie," lo rimproveravano. "Invece sì. E poi non riesco a scrivere, scrivo male," ribatteva lui, come a volersene convincere, o a voler convincere gli altri. "Ma dai! I tuoi scritti sono sempre di altissimo livello, sei solo un po' depresso e vedi le cose in maniera distorta."

Solo un po' depresso.

Come non esserlo nei suoi panni? Tutto ciò in cui aveva creduto si stava sgretolando, ogni sua convinzione stava diventando illusione. Gli ideali vissuti senza cedimenti, la coerenza nello svelare i difetti più evidenti delle politiche economiche che non garantivano la piena occupazione e non impedivano la distribuzione iniqua della ricchezza: tutte queste parole erano ormai roba vecchia, nessuno voleva sentirle. Qualche settimana prima del suo allontanamento, nel corso di una trasmissione alla radio lo avevano prima interpellato e poi deriso. Lui parlava di dignità umana, della necessità di contemperare il capitalismo con i princìpi di uguaglianza e giustizia sociale, e quelli dall'altra parte ridevano. Doveva farsene una ragione, ammettere di essere diventato come uno di quei ruderi a cui nessuno prestava più attenzione, anche se avevano una storia di tutto rispetto, anche se avevano dignità e vitalità: puro ingombro, cosa inutile.

Numeri

Un economista che amava lo Stato, e sperava in un'organizzazione ragionevole della società fondata sulla solidarietà e la compassione, sul rispetto della persona: questo era Federico Caffè agli occhi degli oltre mille allievi che aveva portato alla laurea, e lo era anche agli occhi distratti dell'Italia, lo "squinternato paese" che negli anni ottanta si era già incamminato verso altro. Arricchitevi! era la nuova pubblica esortazione.

Nel 1986, in uno degli articoli che mandava ai giornali senza chiedere compensi, giacché lo Stato gli pagava lo stipendio da professore e tanto bastava per poter svolgere gratuitamente il ruolo di "consigliere del cittadino", scriveva: "Le file di persone anziane che attendono innanzi agli uffici postali, nelle condizioni climatiche più disagiate, per la riscossione degli importi loro attribuiti, vengono considerate come un fatto di natura, al pari delle condizioni climatiche cui sono soggette. Indagini che pur si propongono di illustrare la situazione sociale del paese non risultano soffermarsi su aspetti del genere, o su persone morte in ignorata solitudine... L'elenco parzialissimo degli innumerevoli costi umani attesta come la concezione attuale del benessere si sia discostata da quella che, si ponga, stava a cuore ad Alfred

Marshall... Al posto degli uomini abbiamo sostituito numeri, alla compassione nei confronti delle sofferenze umane abbiamo sostituito l'assillo dei riequilibri contabili."

Numeri. Come un numero era Primo Levi al suo ingresso nel campo di Auschwitz, la sequenza tatuata sul braccio era 174517. L'ultima sua opera, *I sommersi e i salvati*, ritenuto il suo testamento spirituale, venne pubblicato nel 1986, un anno prima del suicidio. Non credo sia un caso – e, se lo è, si tratta di un caso toccante – che Federico Caffè e Primo Levi si siano tagliati fuori dal mondo a distanza di pochi giorni l'uno dall'altro, anzi mi appaiono ora come affratellati da una stessa angoscia: la disumanizzazione delle file di esseri umani per un pezzo di pane e la necessità di dirlo, ma a chi? A chi non vuole più sentire e si volta dall'altra parte.

"Chi ha parecchi decenni di esperienza vissuta alle spalle ha dovuto inghiottire parecchi rospi," scriveva Caffè sulle pagine di *Rinascita* il 13 luglio 1985. "Forse, inconsciamente, il subìre significava non voler estraniarsi, malgrado tutto, dalla vita politica e sociale del paese. Ma oggi, per le persone della mia generazione, l'aver subìto non significa disposizione a subire ulteriormente. La prospettiva di vita intellettuale valida che mi rimane è troppo limitata, perché sia disposto a considerare vacui ideali a mio avviso irrinunciabili, quali l'egualitarismo, l'assistenzialismo, lo Stato del benessere. Se il mantenere vivi questi ideali, e non saper convertirsi ad attribuire importanza alla 'professionalità', significa essere un cattivo serpente incapace di cambiar pelle, non resta che prenderne atto e lasciare le cose a questo punto."

Roma, aprile 1987
(i giorni della scomparsa)

Otto era l'unico, tra gli allievi del Professore, a conoscere il suo piano. Era l'unico, tra tutti, a sapere che presto avrebbe dovuto fare a meno dei suoi consigli. Otto sapeva, sapeva da tempo.

"Fai in modo che io abbia il tempo di allontanarmi prima che si sparga la voce," si era raccomandato per l'ennesima volta il Professore il giorno prima di quello stabilito. "Sì, però non sarà facile," gli aveva ripetuto Otto, "non sarà per niente facile." Ma lui aveva insistito, assumendo un imperioso tono da professore che negli anni aveva adoperato solo se costretto: "Non sento ragioni. Ci devi riuscire."

E il giorno della scomparsa Otto cercò di tenere tutti calmi: "Non temete, si sarà preso qualche giorno di vacanza. Vedrete che ricomparirà da un momento all'altro."

Ma chi gli credeva?

"Non si è mai allontanato senza avvisare," lamentava il fratello. Otto lo rassicurava: "Non si dia pena, tornerà presto." E rassicurava i tanti allievi che il Professore aveva cresciuto con dedizione assoluta e trepida; ma li rassicurava inutilmente: il giorno stesso erano tutti pronti a setacciare la città; la notte tra il 15 e il 16 stamparono i volantini; il 16 mattina li distribuirono.

“Otto, sai qualcosa che non dici?”

“Ne so quanto voi,” si difendeva il poverino. “Per ora cerchiamo di tenere la stampa lontana, e non alimentiamo sospetti in dipartimento.”

Ma proprio in dipartimento l’assenza fu subito notata, dato che il Professore non mancava mai di presentarsi in facoltà, dove teneva ancora il suo ufficio anche se lo Stato lo aveva mandato in pensione. L’assenza venne giustificata alla buona, con un improvviso bisogno di riposo. Dissero che si era affaticato troppo negli ultimi tempi e aveva dovuto staccare un po’, giusto un paio di giorni. Intanto, setacciavano soprattutto le zone più miserabili della città: là dove c’erano uomini a dormire sui cartoni – quelli che il Professore si ostinava a chiamare *poveri* e non scarti umani che se l’erano cercata, non predestinati al suolo –, in mezzo a quella umanità cancellata che di notte si copriva con il cartone, là speravano di trovarlo, ma più i giorni passavano meno speravano. Era un aprile per niente mite, insolito per una città come Roma, esposta al sole da millenni. Roma fortunata, invincibile e eterna. Roma dei grandi decreti del destino.

Postiglione, ottobre 2022

Mio padre oggi è di vendemmia. Ne ricaverà solo vino rosso, il bianco, dice, è per gente di città. Si è alzato alle cinque e, come se dovesse vivere di fatiche nei campi, si è avviato con i panini al sacco e la vecchia jeep che era di mia madre, auto ormai dichiarata d'epoca, verso Terzo di Mezzo, la campagna dove è nato e dove c'è il casolare delle buonanime dei genitori. E c'è il pozzo dal quale, a quel tempo, prendevano l'acqua per lavarsi e io, da bambina, andavo a lanciarci i desideri, mai avveratisi. Quando è il momento di vendemmiare o di fare l'olio, torno al paese per una specie di vicinanza a qualcosa di autentico. La terra, forse. Anzi, certamente. Ma anche i gesti che sono rimasti gli stessi. In un certo senso anche i volti.

È stato, mio padre, un socialista craxiano nell'epoca d'oro del PSI. Era un impiegato statale, e che io ricordi non si è mai assentato dal posto di lavoro. Le ferie le prendeva sempre ad agosto e in quei giorni ci portava al mare, ma un anno ci portò ad Atene con un viaggio organizzato: autobus fino a Brindisi e da lì imbarco. L'anno dopo a Parigi: autobus fino a Salerno e poi treno con cuccetta. Lo vedevo che si riempiva di orgoglio se io prendevo appunti durante i viaggi o scattavo foto con la Zenit a rullino comprata un mercoledì al paese, giorno di mercato ancora oggi. Nelle sue continue ponderazioni di costi e benefici, se io prendevo appunti imparando qualcosa che prima non sapevo, lui aveva investito bene i soldi del viaggio, non era stata solo una vacanza: il suo prolungamento – cioè io, la figlia maggiore, nata femmina solo per una messa alla prova del destino, una X di troppo mandata a fucinare l'animo di un padre – era in costruzione, e le basi le stava gettando lui.

Si è costruito da solo anche la casa in cui io sono cresciuta. Ricordo le rate del mutuo, la cui ricorsività causava qualche complicazione nell'umore generale. Comunque il suo stipendio a tempo indeterminato bastava, e si andava avanti. C'è stata però una questione, se vogliamo personale, che è tornata spesso nei rapporti tra me e lui. Una questione che chiamava in causa l'idea che avevo di certe sue adesioni politiche – lui socialista craxiano, io intransigente tesserata, a diciassette anni, della Sinistra giovanile del Partito comunista (quello che ne rimaneva), attraverso l'invio per posta di un coupon ritagliato dall'*Unità*. Mi riferisco al referendum sulla scala mobile del 1985. Per tanti anni, sono stata convinta che mio padre avesse votato come da indicazione indiscutibile del suo partito, confermando cioè il decreto di San Valentino che, di fatto, smantellava lo strumento dell'adeguamento automatico dei salari all'aumento dei prezzi. E in questo modo, nella mia inferenza, era andato contro i lavoratori come lui, contro le sue stesse origini contadine. Mi sbagliavo. Un giorno, anni dopo, ha ammesso che, saggia o meno che fosse quella scelta, lui votò come la coscienza gli suggeriva, anche a costo di pagarne le conseguenze. Ho di lui un'immagine su un palco in paese, investito dai fischi. Era candidato alle elezioni comunali, faceva discorsi nelle piazze, e durante un comizio una parte del suo partito fece in modo che, a discorso finito, un gruppetto di presenti gli gettasse addosso torsoli di mele e fischi. Credo che non si sia mai ripreso da quella esperienza, anche se come sempre è andato avanti, non si è fermato. Oggi di quando in quando lo racconta, sottolineando che i fischiatori si erano perfino presi la briga di andare fuori paese a comprare le mele, dato che era marzo e non era tempo di annurche locali.

E poi c'era stata la crisi sindacale. I contrasti sulla scala mobile avevano aperto la più grave crisi nei rapporti fra le confederazioni sindacali dalla fine degli anni quaranta. Mio padre era iscritto alla CGIL, ne era rappresentante e poteva capitare che si spostasse a Roma con una delegazione. In una di quelle trasferte poté assistere a una delle lezioni che Federico Caffè teneva gratuitamente ai livelli di base dei sindacati. Era il tempo in cui, dall'altra parte del mondo, Reagan licenziava in blocco dodicimila controllori di volo, e Thatcher muoveva una guerra senza quartiere ai minatori in sciopero. Ovunque, i rapporti sociali stavano cambiando a danno dei più deboli. Nelle sue lezioni al sindacato, Caffè entrava nei particolari delle condizioni di lavoro nelle fabbriche e nei cantieri. Parlava di orari e disagi per i pendolari, si soffermava sulla carenza degli asili nido e sul lavoro delle donne, si indignava per gli infortuni sul lavoro, che provocavano migliaia di morti l'anno, e lamentava i livelli di disoccupazione raggiunti soprattutto nel Meridione; e no, non provava alcuna simpatia per i meccanismi automatici del mercato: lo Stato doveva intervenire, doveva correggere le iniquità, doveva dare lavoro occupando le persone e, se tutto mancava, doveva occuparle anche solo a scavare buche per poi colmarle, piuttosto che non occuparle affatto.

È un ottobre mite perfino qui al paese e domani ci sarà la vendemmia. Come ogni anno, al ritorno dalla campagna, vedrò in mio padre i suoi vecchi, con le rughe che erano solchi e la fiducia nella terra, anche se non dava niente, e la fiducia nel futuro, la speranza che io non ho. Torna col mosto, mio padre, guarda qua, dirà, guarda che colori, che profumo! Io fingerò un incredibile stupore, poi metterò a bollire le castagne. Saluterò chi mi ha preceduto nei secoli in questo patto con la terra. Un po' di fiducia, sì, occorre un po' di fiducia, almeno per il tempo di una bevuta.

Roma, aprile 1987
(i giorni che precedettero la scomparsa)

Mentre il povero Otto si preparava a evitare domande, sviare, mentire, il Professore compiva i passi necessari a completare il suo piano. In banca prelevò una grossa somma di denaro, che fece scivolare nella tasca nascosta del cappotto, quindi trasferì il resto dei suoi risparmi sul conto del fratello. Della somma prelevata, una parte era per Otto che gli aveva preparato il bagaglio secondo gli accordi, e avrebbe poi seguito la spedizione di quanto stava per acquistare. "Tutto chiaro, Otto?" gli chiese. "Chiaro, professore. Accompagnerò il corriere fin lassù e deciderò io dove fargli lasciare i pacchi, ma non voglio soldi per me." "Non sento ragioni," gli disse ancora una volta il Professore, irremovibile, "farai un lavoro, devi essere pagato."

Dopo la banca, raggiunse i grandi magazzini e commissionò, pagando in contanti, la spedizione di un carico che conteneva lenzuola e coperte, un materasso, un fornello da cucina con numerose bombole a gas, arnesi vari, candele. Non temeva il freddo degli inverni che d'ora in avanti avrebbe affrontato con poco o niente sulla testa – la terra aspra che lo attendeva era mille volte più ospitale di quella da cui si allontanava. Non lo spaventata neppure la povertà a cui andava condannandosi. Ciò che davvero lo impauriva, ciò che avrebbe potuto scoprire se gli si fosse mantenuta la testa a posto, era il peso dell'assenza di qualcuno con cui parlare, non poter scrivere una lettera e attenderne la risposta. Per anni aveva intrattenuto fitte corrispondenze con amici e allievi che se ne erano andati da Roma, e in ciascuna di quelle lettere – che scriveva sempre la sera, seduto allo scrittoio illuminato da una candela: era un uomo d'altri tempi, diceva di sé, compiacendosi della posa romantica – c'era il suo affetto più puro, per niente attenuato dalle lontananze. E ora si condannava a farne per sempre a meno, rendendosi oscuramente conto che, da adesso in poi, avrebbe dovuto condividere solo con sé stesso il fardello della sua vita a venire.

Roma, 14 aprile 1987

Mia cara Adolphine,

dopo giorni e notti d'ininterrotti tormenti, la decisione è presa e non tornerò sui miei passi, letteralmente. Questa sarà l'ultima notte nella casa in cui ho trascorso gran parte della mia vita da adulto. Sono calmo. Mestamente calmo. Ho bevuto il solito latte tiepido, in un bicchiere di forma allungata che ha più di quarant'anni (tutto ciò che è mio manda odore di vecchio, ma non me ne preoccupo e ti autorizzo a riderne), latte accompagnato da una fetta di pane che mio fratello acquista sempre al forno di Nino nei giorni dispari della settimana, ma non chiedermi come mai non senta il bisogno di pane fresco il martedì, il giovedì o addirittura il sabato. Stranezze abruzzesi, diresti, certe nostre durezze. Tuttavia, da quando ho saputo che Milo si nutre perlopiù dei pani avanzati che Nino gli offre a giorni alterni, ho il sospetto che mio fratello tema, nei giorni pari, di imbattersi in avanzi adeguatamente ricicciati dal panettiere. Che ridere!

Qui, nella mia celletta da monaco, davanti allo scrittoio sul quale ho corretto centinaia di tesi e scritto articoli e commenti ai libri degli altri, ripenso ai libri che non ho scritto in tutto il tempo che assiduamente ho dedicato ai miei allievi. Ma non ho rimpianti, puoi credermi, i miei allievi sono stati i miei libri più riusciti. Devo ammettere che a questo tavolino ho scritto con trasporto soprattutto lettere, lettere indirizzate ai più remoti luoghi del mondo che però non ho mai visto, li ho soltanto immaginati. Io, al contrario di te, non ho viaggiato molto. Sono stato una volta in Danimarca, dove sì, c'è del marcio ma ce n'è di più da noi, e prima ho vissuto per un anno a Londra dopo la guerra, grazie a una borsa di studio, e fu allora che seppi dei tuoi scritti. Che scoperta grandiosa, dissi tra me, finalmente la donna che potrei amare e che forse mi amerebbe.

Tu invece, mia impetuosa amica, hai visto terre straniere e imparato lingue nuove e fatto esperienza diretta e autentica della vita degli altri (mi commuove l'immagine di te, operaia per scelta tra gli operai alle presse). Spesso l'ho fatto anch'io, abbandonando i tristi rituali della solitudine. Qualche volta mi sono imbucato tra i poveri – questa parola che non si vuole più sentire –, tra visi precocemente invecchiati, tra gli scarti della società che chiamiamo civile, mentre è incivile una società che chiude gli occhi o se li riempie di una cosa persino peggiore del non vedere, e mi riferisco allo sguardo del ricco sul povero, uno sguardo pieno di pietismi. Tra di loro ho sentito assottigliarsi il mio destino e la morte stringere presso di me, ma in una prospettiva non mortale. Ho visto segnato il tragitto del congedo da quello che tu chiami io.

Scrivi, riguardo ai prolungati digiuni che ti aiutano ad avvicinarti ai misteri del creato (la chiami *decreazione*), che se Eva causò la rovina dell'umanità mangiando il frutto, l'attitudine opposta, guardarlo senza mangiarlo, potrebbe essere quanto occorre per salvarla. Be', amica a cui basta un tuorlo d'uovo con un po' di zucchero per sorreggersi, se il tuo discorso ha una coerenza, ne ha ancora di più in relazione a quegli esseri umani che non hanno neppure quel tuorlo d'uovo: essi non fanno che guardare le tavole imbandite degli altri "con lo sguardo che tutto abbraccia" – come in quel racconto dei due uccellini sullo stesso albero, l'uno si ciba del frutto e l'altro guarda senza mangiare –, essi, dunque, partecipano veramente della creazione, avendo già dovuto decreare sé stessi e i loro stomaci e, seguendo alla lettera il tuo ragionamento, essi salveranno l'umanità: qualsiasi povero in croce la salverà, come già una volta sul Golgota, anche se almeno in quel famoso caso un'ultima e non trascurabile cena mi pare ci fu.

A ogni modo, mia cara amica, per me è arrivato il momento di andare. È quasi l'alba e con un concluso disgusto lascio tutto quello che mi appartiene. Si passa veloci sulla vita e dopo la fine, tu dici, non è tutto finito. Per fortuna non ho spettatori a esibirsi in pianti. Forse qualcuno piangerà, ma domani, ora nessuno sa niente. Mi congedo da te a cuor leggero: "vado per il mio cammino," scrisse una volta Robert Walser, "esso conduce per un pezzo lontano e pure verso casa; poi senza suono né parola io sto in disparte."

Sempre tuo

Roma, tra aprile e maggio 1987
(i giorni successivi alla scomparsa)

Nei giorni che seguirono all'annuncio della scomparsa, annuncio dato alla stampa quando non fu più possibile tacere, e che recava traccia di un tono già mortale, qualcuno giurò di averlo visto sul tram che portava a piazza Risorgimento, il giorno stesso dell'allontanamento da casa. Non alto, vestito con cura, miope per come stringeva gli occhi. Era lui, o uno che gli somigliava. Una settimana dopo, qualcuno giurò di averlo visto all'ingresso di un supermercato, indeciso se entrare o andarsene: figura dalla trama esile, questa volta aveva la barba incolta e i capelli, pochi in verità, disordinati sui lati. Se non era lui, poco mancava. Tempo due settimane, qualcuno giurò di averlo visto in fila con una ciotola tra le mani, durante la distribuzione dei pasti in una parrocchia di Tor Sapienza, per niente afflitto e a suo agio nei vestiti ormai lerci, a suo agio tra gli altri straccioni.

C'erano poi i santini che il fratello aveva trovato nell'armadio. Piccole immagini merlettate, una decina in tutto, di cui una recava sul retro una dedica scritta a mano: *Per questa via troverai le risposte alle tue domande*. In seguito, il fratello riferì che da bambino Federico si rifugiava spesso in chiesa e restava per ore a guardare gli affreschi in uno stato di rapimento. Forse era questa la chiave? A distanza di qualche mese dalla sua scomparsa, qualcuno considerò l'ipotesi che si fosse ritirato in un convento.

Se non si era tolto la vita – ma se lo avesse fatto il corpo a un certo punto si sarebbe dovuto trovare, e sì che era stato setacciato il Tevere, le strade anche le più impervie erano state battute, i crepacci fuori Roma accuratamente considerati –; se, immemore di sé, non si era perso camminando senza tregua giorno e notte, con niente nello stomaco, esposto alle intemperie, vestito ormai di stracci oppure nudo in Cristo – ma anche in questo caso, visto il clamore con cui la stampa e perfino la televisione avevano dato la notizia della sua scomparsa, sarebbe saltato fuori qualcosa in più degli infondati avvistamenti di cui si era parlato –; se non si era rifugiato all'estero, dove pure avrebbe potuto trovare accoglienza, per esempio in Danimarca a casa di Bruno, allievo ora a sua volta professore, che però avrebbe senz'altro rassicurato almeno i parenti –; allora il ritiro volontario in un mondo separato, nel quale trovare pace dandosi pensiero solo dell'alternanza di aurore e crepuscoli, era certamente la risposta al mistero della sua sparizione.

Del resto, al ritiro in convento si era pensato anche per il giovane Ettore Majorana, allievo di Enrico Fermi con gli altri ragazzi di via Panisperna, scomparso e mai più ritrovato il 27 marzo 1938. Ipotesi che Leonardo Sciascia aveva accarezzato sin dalle prime pagine del libro a lui dedicato: "E così anche i Majorana erano arrivati – inevitabilmente, come tutti – al convento: che il giovane professore vi si fosse segregato." Federico Caffè aveva probabilmente letto o riletto il libro su Majorana prima di allontanarsi da casa, dato che era rimasto sullo scrittoio con un segnalibro tra le ultime pagine. Tanto bastava per credere che avesse chiesto di essere accolto in un convento? Ne era convinto lo scrittore Ermanno Rea che, per il libro *L'ultima lezione* pubblicato cinque anni dopo la scomparsa, interpellò Jesus Torres, sottosegretario della Congregazione per gli istituti di vita consacrata, per chiedergli se fosse possibile scomparire in un convento. "La Chiesa," rispose Tores, "è disponibile a offrire protezioni di questo genere, purché ricorrano determinate condizioni."

Caffè era sì tenacemente legato a valori che potevano essere ricondotti alla trascendenza, ma la sua visione del mondo affidava alla responsabilità dell'uomo la possibilità di migliorare la vita umana. Nel suo pensiero, l'economia doveva porsi a sostegno dei più deboli. Lui, in ogni caso, metteva al centro di ogni cosa la persona. "Era l'unico professore che sistemava il banchetto fuori dell'Istituto per aiutare gli studenti a comporre il piano degli studi. Stava in mezzo a noi e non in una torre d'avorio," riferì alla stampa un suo allievo.

Quel che è certo è che nessuna delle vie seguite trovò mai conferma. Nessuna delle innumerevole ipotesi o avvistamenti si tradusse mai in una certezza. Ufficialmente, Federico Caffè sparì nella notte tra il 14 e il 15 aprile 1987 e, come se non fosse mai esistito, fece in modo che si perdessero le sue tracce, lasciando che i familiari, gli allievi e i tanti che lo avevano conosciuto lo cercassero per mesi, per anni; lasciandoli, soprattutto, a compiangerlo profondamente.

Toppe

In *Un weekend postmoderno. Cronache dagli anni ottanta*, Pier Vittorio Tondelli scrive: "Mettete un po' di ispirata idiozia come in *Francesco giullare di Dio*, un po' di sadismo e segregazione militare come in *Marcia trionfale*, un po' di incontri on the road sui binari d'Italia come in *Cafè Express*, un po' di gigionismo felino come in *Harry e Tonto*, un po' di emarginazione metropolitana e giovanile come in *Non si scrive sui muri di Milano*, un po' di fauna di una qualsiasi commedia all'italiana, e avrete in pieno il senso di questa piccola Italia del buon cuore costituita dalla nostra amata e beneamata gente comune."

Tondelli, nato a Correggio nel 1955 e morto a Reggio Emilia nel 1991, è stato in grado di restituire le contraddizioni e anche il vitalismo degli anni ottanta, nei quali si consumò la sua breve parabola esistenziale e, verrebbe da dire, anche quella della nazione. Nei tanti saggi che compongono *Un weekend postmoderno*, scritto lungo quell'arco temporale e pubblicato agli inizi di un decennio altrettanto decisivo per il futuro – gli anni novanta, con il muro di Berlino già caduto –, Tondelli coglie un vasto processo di mutamenti: la fine delle ideologie come ideologia a sé, il rampantismo economico, la spregiudicatezza, il consumismo nutrito di desiderio edonista e anche i grandi momenti creativi, perché quegli anni non furono esclusivamente "una megadiscoteca in cui tutti, ballano, ridono, bevono, si insultano, si spogliano, tirano mattina e magari cappottano con la BMW di papà, parlando al telefonino cellulare".

Nel 1982 mio padre comprò la nostra prima auto familiare, una Renault 5 che per un errore non rimediabile gli consegnarono di colore arancione, anziché blu cobalto. Qualche anno più tardi, quando l'auto si cappottò senza grosse conseguenze ma si rese necessaria la sostituzione di una parte del paraurti anteriore, in mancanza di toppe arancioni in officina risolsero con un segmento di colore blu cobalto. Vistosamente contento, mio padre se ne tornò a casa con la toppa stonata, quasi una riparazione di quel desiderio originario rimasto irrealizzato. Ricordo quell'auto come una nota sgargiante in un paese tra montagne enormi, in mezzo alle quali l'inverno è sempre stato lungo, e trascorre dal grigio tenue al grigio cupo dei cieli rimasti novecenteschi. A dicembre, arrivata la tredicesima, si andava a Battipaglia a comprare vestiti nuovi per fare bella figura la notte di Natale in chiesa, e il giorno successivo al pranzo con i parenti. Ricordo maglioncini a strisce colorate e gonnelline a pieghe, talvolta in fantasia scozzese o *pied de poule*, da indossare con le calze di filanca bianche e spesse. Ricordo i cerchietti per capelli, di plastica lucida con i dentini o rivestiti di stoffa. C'era un budget entro cui restare e nostra madre sapeva come fare, anche se "alla qualità non si può rinunciare", quindi prendevamo "un solo capo e buono, non ne servono tanti". Una volta, mentre eravamo fermi a un semaforo a Battipaglia, finite le spese annuali, la Renault 5 arancione prese fuoco nella parte posteriore esterna.

Mio padre afferrò la busta delle spese, uscì dalla macchina e spense il fuoco con la mia felpa rosa baby appena acquistata – mia sorella ne aveva avuta una identica, dato che nostra madre ci vestiva allo stesso modo anche se io ero più grande, un po' come le gemelle di *Shining* ma più vive. Da quel giorno la felpa acquisì una nota oscura, oggi direi dark, che me la rese più cara del rosa baby scelto da mia madre.

Compresi, quell'anno, che non sempre il colore che ti capita in certi momenti della vita è poi quello con cui andrai avanti, e che il colore destinato a te prima o poi arriva, sotto forma di toppa blu cobalto o di inserti dark. Non credo sia un caso che in seguito, quando poi ho conquistato una legittima autonomia nello scegliere i vestiti, questi per lunghi anni siano stati neri. Oggi, al contrario, preferisco altri colori, anche quelli pastello che un tempo non mi piacevano, m'impensierivano. Ma può essere dovuto all'età: a vent'anni si è tanto spavaldi da poter sfidare anche la morte; dopo i quaranta certe sfide non si raccolgono più, la protervia diminuisce per gradi fino a scomparire e cominci ad apprezzare le sfumature, le dissolvenze sullo sfondo: fai caso a una bella mattina di sole, a una giornata che finisce nella noia ma non è un problema. Fai caso persino a tuo padre, che è rimasto lo stesso, e tu no.

Il debito del figlio

Tondelli, in *Un weekend postmoderno*, cita *Cafè Express* di Nanni Loy. È un film che ho visto più volte, in diversi momenti della vita, e in quella figura di padre, Michele Abbagnano, interpretata con estrema bravura da Nino Manfredi, tutte le volte ho rivisto il *senso del figlio* che muove mio padre.

Michele Abbagnano ha (forse) un braccio mutilato, un figlio piccolo con una brutta asma, e dei termos di caffè annacquato da vendere clandestinamente ai viaggiatori di un treno del Sud, treno all'interno del quale è ambientato il film. Abbagnano cerca in questo modo di guadagnare quanto più possibile per suo figlio, per farlo curare, per dargli un'istruzione, cercando di sfuggire ai controlli ferroviari, dato che il ministero dei Trasporti ha diramato un mandato di arresto nei suoi confronti.

Il film è del 1980, e non è tanto sull'abilità di arrangiarsi di Abbagnano che voglio soffermarmi – "abilità tipicamente meridionale" è un concetto frettoloso, giacché in quegli anni operai e contadini, non solo meridionali, dovettero riprendere ad arrangiarsi, persa ormai la speranza di ottenere condizioni migliori attraverso le vie sindacali e politiche: se i salari diminuivano, se la busta paga non bastava alla sussistenza, si cercavano entrate da lavoro nero –, bensì su quella povertà non terminale ma comunque persistente che era di tanti, tantissimi italiani, che entravano nel decennio dell'Arricchitevi! con le pezze al culo.

Mio padre veniva da quella povertà. Magrissimo, un solo vestito per tutte le stagioni, la scuola a due paesi di distanza, e ci andava a piedi per le campagne ("*per agros* vanno i pellegrini, ah!," diceva), le scarpe inzaccherate d'inverno e risuolate in primavera:

– a venticinque anni il posto fisso come impiegato statale: la svolta
– a ventisette anni il matrimonio con mia madre
– a ventinove anni sono nata io

Niente di ciò che ha fatto nella sua vita da sposato è stato ispirato da qualcosa che non fosse il *senso del figlio*: i figli in astratto e, in concreto, le due figlie che ha avuto. Molto spesso, negli anni, questa consapevolezza si è tradotta in un bel ricatto morale, questa scelta o quell'altra fatta o imposta per il tuo bene, o figlia. Un fardello, un peso, l'installazione minuziosa di un senso di colpa perenne. Il punto è questo: chi ci ama apre anche senza il nostro volere una linea di credito verso di noi, ci elargisce un capitale e noi lo prendiamo in dono, ma per le modalità culturali in cui nasciamo, tra religione e patriarcato, in quell'amore che ci viene dato c'è una piccola clausola, da restituire con gli interessi. D'altronde, Walter Benjamin ci aveva avvertiti: "il capitalismo, si presume, è il primo caso di un culto che non toglie il peccato, ma genera colpa/debito". Debito affettivo e debito pubblico: sono venuta al mondo segnata dal debito.

Prendiamo il caso della patente di guida. Come Maude, che in *Harold e Maude*, film di Hal Ashby, dice: "Io non credo nelle patenti" al poliziotto che ferma la sua corsa in auto per portare in salvo un albero, così io non ho mai tenuto alla patente. Che fosse scaduta da anni me lo hanno fatto notare in un albergo, altrimenti non me ne sarei accorta. Patente presa a diciott'anni al primo colpo solo per far contento mio padre, ma non ho mai guidato, mi distraggo, guardo gli alberi, le case abbandonate ai lati della strada, e poi mi sembra che tutte le auto mi vengano addosso, frenerei di continuo provocando interminabili sequele di insulti. Ho deciso di rinnovarla, un altro regalo a mio padre che lamenta due gravi mancanze da parte mia:

– il fatto che non guido
– il fatto che non l'ho reso nonno

(La delusione per il fatto che non sia nata maschio, in un contesto in cui un primogenito forte e virile gli sarebbe servito molto più di me, è stata superata con le prime pagelle scolastiche, soddisfacenti in termini numerici, e comunque "hai fatto solo il tuo dovere".)

"Ma come," incalzo io sulla seconda grave mancanza, "il gatto allora non conta? Gli ho dato pure il nostro cognome, perfetto con il nome Jerusalem."

"Ah quindi sono nonno di un gatto," dice, "solo questo mi mancava."

"Certo," sorrido.

"Certo," risponde.

E però: quando si smette di essere figli e si comincia a dire no, io la macchina non la voglio guidare, e se non ti ho reso nonno non è stato per farti un torto ma perché non me la sono sentita di diventare madre?

Ho ripreso le guide all'autoscuola, la guida dei figli per sempre.

Fili

Federico Caffè aveva una "personalità complessa e tormentata", scrive Ermanno Rea in *L'ultima lezione*. In questo, la figura del noto economista può somigliare considerevolmente a quella del Professore che ho abbozzato fin qui. Il Professore che nelle lunghe notti compone lettere per destinatari silenziosi (non ama le amicizie ciarliere); il Professore che ha voluto dimenticare la sua età e, alla domanda dove andrai?, non può non rispondere che a lasciare strane impronte, una specie di calco, testimonianza del suo cammino e di speranze al vento; il Professore, infine, che non sceglie di morire ma di vivere come sua ombra.

Prossimo alla morte, ma vivo!
Dice il vero, chi dice ombra.
Ma ora si stringe il luogo dove stai:
e adesso dove andrai, rivelatore d'ombre, dove?
Sali. Innalzati a tentoni.
Più sottile diventi, più irriconoscibile, più fine!
Più fine: un filo.

Dalle testimonianze di quelli che ebbero modo di frequentarlo fino ai giorni che precedettero la scomparsa, Federico Caffè pesava troppo poco. Magro era sempre stato – una trascurabilità corporea resa ancora più evidente dalla statura che non superava il metro e cinquanta, cruccio estetico della sua esistenza, e se avvertiva su di sé lo sguardo fisso di qualcuno sistemava il suo in un rigoroso sovrappensiero –, ma negli ultimi tempi non mangiava quasi più, tanto profonda era la prostrazione in cui verosimilmente versava, almeno a giudicare dai ricordi dei suoi ex allievi: viso scavato, occhi velati, c'era e non c'era, infinitamente stanco. Il filo d'uomo dei versi di Paul Celan. Un filo.

Postiglione, Capodanno 2022

Ho ritrovato nella mia stanza al paese delle note di diario, note agitate che risalgono al periodo dell'emergenza Covid, mesi di angustie soprattutto per chi aveva in casa un malato in gravi condizioni – come mia madre, in condizioni di estrema gravità, la casa inondata di silenzio da un capo all'altro.

Marzo 2021
Mio padre non va a comprarsi una camicia o un paio di calzini da più di un anno. Non entra nei negozi, è prudentissimo, teme per mia madre, di contagiarla. Aspetta fiducioso il vaccino, ha fatto le prenotazioni, come richiesto. Il medico di base non sa che dirgli, non sa più di quanto sappia lui. Come spiegargli, mentre fiducioso aspetta una chiamata dall'ASL, e intanto prepara semi per le ortaglie future, che nelle stanze dove si prendono le decisioni si sta pensando alla stagione turistica di Capri, da immunizzare in fretta e certo prima di questi luoghi desolati? Luoghi come affetti da un kantiano stato di minorità, ma che alla bisogna ritornano sorprendentemente d'interesse pubblico, nel caso ci sia da aprire un'urgente discarica (e non importa se nei

paraggi ci sono oasi naturalistiche e fiumi), oppure se c'è da confinarvi dei presunti omicidi, come nel 1983, quando si decise di mandare a Postiglione, in attesa del processo, i tre ventenni accusati di aver seviziato con strumenti taglienti, ucciso e infine bruciato due bambine (si parlò di "massacro di Ponticelli"), ma la popolazione reagì bloccando tutti i possibili accessi al paese: si temeva per i propri figli, e mia madre era tra le donne che con il proprio corpo fermarono la camionetta dei carabinieri che tentava di entrare in paese con i tre a bordo. Io avevo sei anni e vidi al telegiornale le immagini del lungo viale del paese, era bel tempo, non pioveva, e il viale era presidiato da queste madri. Anche in quel caso il mio pensiero andò alla salvezza postuma di Barbara e Nunzia, le due bambine uccise, ma ero tranquilla: di sicuro erano state battezzate, e pure io lo ero, a quel punto.

25 aprile 2021
Dopo infinite registrazioni, segnalazioni, mail e bestemmie, quelli dell'ASL sono andati a fare la prima dose di vaccino a mia madre. Dose che però è stata negata ai due che se ne prendono cura, cioè mio padre e una badante. Non ce li hanno dati per voi, hanno detto i due infermieri mentre se ne andavano.
Oggi, festa della Liberazione, abbiamo deciso di scrivere una mail ai responsabili dell'ASL, facendo presente che mia madre non avrebbe alcuna possibilità di sopravvivere al Covid se le arrivasse attraverso i suoi caregiver, e sappiamo pure che il vaccino potrebbe non produrre alcuna immunizzazione. Mio padre ha voluto che citassi la Costituzione nella mail.

Anzi, la chiusura l'ha dettata lui: "Vogliamo sperare che in un paese e in una regione considerati civili e attenti alla salute dei cittadini, come è previsto dalla Costituzione, qualunque sia la loro condizione, il loro status e la loro forza economica, nei prossimi giorni si provvederà alla copertura di coloro che si prendono cura dei malati. Se però dovesse accadere il peggio non esiteremo a ricercare le responsabilità, anche per aiutare chi si trova nella nostra stessa condizione e non ha voce: un sistema che non tutela i più deboli e gli indifesi, specie dal punto di vista della salute, è un sistema pessimo e anticostituzionale."

Perfetto, ha detto quando gli ho riletto la mail prima di inviarla, vedrai che la Costituzione ci proteggerà. E io ho provato tanta tenerezza per quest'uomo che nonostante tutto ancora ci crede, e ancora alimenta dentro di sé una verità sentimentale su ciò che è giusto, sull'equità. E ho provato tenerezza per me, che ho dovuto smettere di crederci dopo aver votato per la prima volta.

Treno Roma-Pescara, 16 aprile 1987

Mia cara Adolphine,

questa mia solo per dirti che sono finalmente in viaggio. Finalmente, sottolineo, lascio questo mondo che ha per scopo l'avidità e come mezzo lo sfruttamento dei valori elementari, fino alla loro distruzione, nel triste agio della povertà spirituale. Eppure, mia buona amica, io ero tra coloro che ebbero il privilegio, oltre che il grande onere, di dare natura sostanziale alla stesura della Carta fondamentale del paese da cui ti scrivo. "È compito della Repubblica rimuovere gli ostacoli di ordine economico e sociale, che, limitando di fatto la libertà, l'eguaglianza dei cittadini, impediscono il pieno sviluppo della persona umana." Hai mai letto qualcosa di più intenso, di più bello in un documento legislativo? Ho creduto che si potesse costruire un mondo in cui lo sviluppo civile e sociale non fosse il sottoprodotto dello sviluppo economico, ma un obiettivo coscientemente perseguito. Ho creduto male.

Sono sul treno diretto a Pescara, con Milo che si alza di continuo dal suo posto, dice che non è abituato a stare seduto, la sua esile complessione non ha bisogno di comodità. La sorte non gli ha arriso, e lui procede nella vita con una istintiva sensazione della fine. Ha deciso di insordire, nessun rumore del mondo può più offenderlo. Ha deciso pure di non vedere più, lo ripete con una risoluzione imbizzarrita negli occhi. In realtà, sente e vede benissimo, ma quel che sente e vede lo sa soltanto lui.

Una volta, mia cara amica, hai scritto della necessità di rinunciare a un pensiero rivendicativo, basato sulla pretesa del riconoscimento delle proprie ragioni, dei propri interessi, dei propri valori, per sposarne un altro, fondato più sulla rinuncia che sulla rivendicazione, più sulla diminuzione delle proprie pretese che sulla loro affermazione. Portavi l'esempio di Cristo, la cui figura ci invita a ripetere il gesto di riduzione del proprio io che è all'origine dell'atto con cui Dio ha creato il mondo. Immagino che sia qualcosa di simile alla primordiale contrazione iniziale di cui parlano i cabalisti. Be', se avessi modo di farti incontrare Milo, se riuscissi solo per un istante a mostrarti quest'uomo disutile alla società, vedresti in lui l'incarnazione di quello che tu chiami giusto, secondo le tue convinzioni, vedresti un uomo che ha rinunciato a ogni possibile esercizio della forza, ha rinunciato a vendicarsi di quanti lo hanno ridotto a vivere per strada (sarebbe troppo lungo l'elenco dei colpevoli, da ricercare nella sterminata architettura delle ingiustizie umane), e qualsiasi cosa abbia perso, di qualsiasi cosa ora sia in cerca, si confida soltanto con le ombre dei luoghi inospitali che ama profondamente. In lui, mi sento di affermarlo con assoluta certezza, è la mitezza di cui parli come valore, la stessa di un fiore selvatico.

Sei mai stata, amica cara, in un giardino abbandonato? Io mai, prima di ieri. Me ne tenevo alla larga, e poi a dirla tutta non ho mai fatto caso neppure a quelli curati. Ma ieri Milo ha insistito perché entrassimo in uno di questi spazi inaccessibili, deciso a togliermi la radicata convinzione che un giardino non curato è solo un covo di cose perse, di spine, di piante secche e steli duri, pieno di superstizioni. Per un po' mi sono guardato intorno, nella flebile luce del primo mattino, senza capire il senso di quella incursione. Diverse volte abbiamo fatto lo stesso giro. Avanti e indietro come sonnambuli, respiravamo l'umidità che usciva dalle pietre, in mezzo ai tronchi degli alberi. Quando ormai ero deciso ad andarmene, nauseato dall'odore cimiteriale di acqua caduta su fiori già marciti, ho intuito che dietro ogni foglia, dietro ogni crepa dei bassi muri in rovina si nascondeva qualcosa, qualcosa che si muoveva in punta di piedi e sapeva aprirsi un varco fino a noi. Quando sarà il momento, ti dirò meglio e più diffusamente. Per ora ricevi il mio più dolce saluto, dal treno che mi condurrà in un altro mondo, a un'altra vita.

Sempre tuo

Postiglione, dicembre 2022

Nel mio personale processo di decreazione, compiuti i quarant'anni ho guardato con occhi diversi non solo mio padre, ma anche il suo bizzarro giardino.

È sempre stato così, anche nei miei ricordi: ulivi che convivono con le palme, che convivono con abeti altissimi, che stanno accanto a una pergola d'uva fragola, e poi cespugli, siepi di bosso, trifoglio qua trifoglio là, e il pungitopo che sfolgora e niente chiede e "quest'anno è venuto 'na bellezza". Da ragazzina lo sfottevo: "Che disordine, manca solo un banano." "Da grande capirai," diceva lui, come presagendo che in effetti con il tempo avrei capito, poi aggiungeva che il suo era un giardino internazionale: "sono un uomo di montagna, ma tutto il mondo mi appartiene e me lo tengo intorno".

Un anno, vi mise a dimora un cavallino pezzato e una capra nana sfuggita al circo che ogni anno veniva in paese. Ricordo lei in perenne alloggiamento sotto la pancia di lui e lui che di quando in quando si faceva indietro per leccarle la testa. Oggi passano per un saluto colonie di gatti, pennuti variopinti, ogni tanto un riccio, e poi nel retro galline bianche che non verranno mai uccise, a meno che la faina e la volpe non le lascino secche, ma di solito mio padre le accompagna alla vecchiaia.

Nel giardino internazionale di mio padre, tutto ingombro di *nonsense*, sembra d'avere qui un altro giardino, d'ombra, come la "casa nuova" nei versi del poeta Beppe Salvia, un giardino bello e forte e invisibile all'occhio che si ferma alla rètina, un giardino segreto e connesso con tutto ciò che è nel mondo e fuori di esso. Sì, credo di amare questo giardino che non predica dottrine e non ha architetture suggestive, ma azzarda un dialogo tra terra e cielo, tra noi infinitamente piccoli e il nostro bisogno d'infinito, di cielo, o di tanti cieli, comunque di ciò che è oltre noi.

Metto insieme questi pensieri che è quasi Natale. Sono tornata al paese e sto qui come ad ogni Natale da che sono al mondo. Mi aggiro per le enormi stanze vuote. C'è l'assenza che pesa. Mia madre non si alza dal letto, non lo farà mai più. C'è questa mia forzata allegria per tenere su le mura. Ci riesco bene. Domani, come da inventata tradizione, farò il pane con mio padre. Farina lievito acqua, pure l'olio: un cucchiaio, facciamo mezzo. Litigheremo sui gradi del forno. Non verrà mai come dovrebbe. Ma come dovrebbe? Il giorno dopo è più buono, dice lui. Non si butta via niente. E se devi buttare un pezzo di pane, bacialo prima come faceva nonna, sua madre, che si aggiustava la gonna davanti al televisore quando cominciava "il comunicato", poiché erano sempre uomini a dare le notizie, mai donne.

A tavola con noi ci sarà sempre il posto per gli assenti. Mia nonna lasciava un piatto vuoto a tavola, se mai qualche sventurato con la pancia vuota avesse bussato alla porta nelle sere di gelo. Parlo di forma da dare al vuoto. Parlo dei piatti del servizio buono che ancora brillano nel buio. Parlo di ciò che manca e della grazia di ciò che c'è.

Qualcosa

Scrive Abbas Kiarostami:

> Quando non ho nulla in tasca
> ho la poesia
> quando non ho nulla in frigo
> ho la poesia
> quando non ho nulla nel cuore
> non ho nulla.

Quale potrebbe essere un giorno da ricordare, un giorno da augurare tra centinaia di altri? Quello, forse, in cui specchiandoci in qualche vetrina o negli occhi di qualcuno ci siamo visti interi, finalmente interi. Il giorno in cui la stella che deve cadere per realizzare i desideri altrui decide di non cadere più, perché una volta tanto a contare sarà il suo desiderio. Il giorno in cui sentiamo di avere qualcosa nel cuore, nonostante tutto. Qualcosa nel cuore.

Per Federico Caffè quella cosa nel cuore erano i suoi allievi; l'istituto al sesto piano della facoltà di Economia, la sua dimora, tutti i giorni compreso il sabato. Era lì il suo mondo, con oneri annessi. Daniele Archibugi – che gli era legato anche per l'amicizia che suo padre Franco aveva con lui dal 1945, cioè dai tempi della collaborazione al ministero della Ricostruzione del governo Parri – ricorda che, in qualità di direttore dell'istituto, Caffè si occupava anche della biblioteca, degli impianti elettrici e idrici e, se per qualche ragione una delle bibliotecarie era indisponibile, prendeva un mucchio di carte da leggere e si sedeva al suo posto fuori dalla sala di lettura. Se poi i cardini degli avvolgibili cigolavano, usava per lubrificarli l'olio delle sardine che ogni tanto si portava per il pasto. E se qualcuno trafugava le forbici, affiggeva avvisi: "Sono sparite le forbici grandi della segreteria."

La dimensione dell'insegnamento, alimentata dal rapporto quotidiano con gli allievi e da quello epistolare con gli ex allievi, era stata il suo antidoto alla sofferenza. L'11 marzo 1985, in una lettera ad Archibugi, confessò: "Il mio malumore ha avuto come causa il distaccamento dall'insegnamento effettivo, che per me non è mai stata una cosa uggiosa." E in un'altra di poco precedente: "Il mio status di fuori ruolo è insopportabile e non so se ci resisterò o mi metterò in pensione anticipatamente. Mi sembra di essermi messo le nuore in casa e qualunque cosa dica o faccia non va bene."

All'uscita dall'università, come detto, non andava meglio. Nell'Italia che amava fare l'inventario delle ricchezze private, e tutti gli altri a goderne attraverso le immagini televisive, Federico Caffè era andato fuori tempo massimo, predicatore obsoleto che guardava ancora ai malcapitati della sorte, ai miserabili, ai *cafoni* che gli ricordavano quelli della sua terra che scendevano in città con le pianelle sulla testa; i *cafoni* di

Ignazio Silone, abruzzese anche lui, che nel 1945 in *Fontamara* fissò per sempre la condizione dei contadini, che era la stessa nell'Italia intera.

Qualcosa nel cuore, dicevo. Ricorda Daniele Archibugi: "In ogni rapporto umano che instaurava, col suo garbo e la sua riservatezza, Caffè lasciava un seme destinato a fiorire... Il suo innato bisogno di dare lo avrebbe reso un genitore ideale. Per fortuna ha avuto dei nipoti affezionati, per fortuna ha avuto così tanti studenti, ma se avesse avuto dei figli, forse non sarebbe scomparso."

Non lo sapremo mai. E non sapremo mai se un amore lo avrebbe poi trattenuto. Con le donne era impacciato, convinto di non poter piacere. Ma qui la letteratura può intervenire, ne ha facoltà, agitando l'immaginazione, la "pazza di casa" che ha sempre un bel ruolo, lo si vedrà più avanti. E poi, a dirla tutta, anche se infagottati a dovere nei nostri abiti da solitari, sappiamo di aver bisogno di un amore, reale o immaginario che sia. Anche quando ci chiudiamo nella cittadella interiore di cui diceva Marco Aurelio, là dove contano le rappresentazioni che dipendono da noi soltanto, abbiamo bisogno di abitarla con qualcuno.

Nel 1930 Giuseppe Ungaretti compone *Dove la luce*, il suo inno all'amore, dopo tanto scrivere di guerra nella conta delle croci a San Martino del Carso. Conosciamo i suoi versi di trincea, appuntati sui pezzetti di carta, sull'involucro delle pallottole, sul cartone, sulle cartoline, così, nel pericolo, tra uno sparo e l'altro, dirà lui stesso anni dopo. Ora però è d'amore che il poeta vuole scrivere.

Ci scorderemo di quaggiù,
E del mare e del cielo,
E del mio sangue rapido alla guerra,

scrive alla donna che gli è stata sempre vicina.

Dove non muove foglia più la luce,
Sogni e crucci passati ad altre rive,
Dov'è posata sera,
Vieni ti porterò
Alle colline d'oro.

Versi liberi per dire che gli spettri del passato se ne stanno andando, che nulla fa più paura, dopo l'immensa paura, e che adesso la luce si ferma su di loro, loro due vicini, in un'"ora costante": in un tempo non più costretto a finire, non più soggetto al divenire, si ama solo pensando che sarà per sempre, per sempre "liberi d'età". Sono versi che hanno la forza di spostare chi li legge in una terra franca, dove non esiste la guerra e nemmeno il dolore, là sulle "colline d'oro" dove mettere a colloquio Ungaretti e Gérard de Nerval, intorno a "quella canzone d'amore... che sempre ricomincia".

A questo proposito, potrei ora raccontare come dal niente, ma davvero dal niente, qualcosa mi si è sparso nel cuore, dopo anni in cui mi sono addestrata a elaborare ogni cosa con me stessa, credendo fermamente nella via solitaria che pensavo di aver scelto. In realtà, quello che facevo era vivere le relazioni sentimentali con nessuna intenzione di durata, anche se poi continuavano per anni, dato che, minata all'origine ogni possibile durata insieme al concetto stesso di durata (nel lavoro, nella dimensione abitativa, nelle amicizie, sempre più soggette agli allontanamenti geografici e agli accumuli esistenziali), la forza di stare per conto mio era l'ultima cosa che mi rimaneva. Una bella trappola, vorrei ora dire. Comunque, deve essere accaduto un lunedì di settembre, intorno alle cinque del pomeriggio, faceva ancora caldo a Napoli e io indossavo una giacca pesante per tutto il freddo che avevo preso. Sono di spalle, vestita malissimo per non dare l'impressione di aspettare qualcosa, sfoglio dei libri su una bancarella. Un uomo mi raggiunge alle spalle e senza dire una parola mi bacia la nuca. Io mi volto, gli sorrido, poi gli chiedo se ha già avuto il Covid.

Roma, 15 aprile 1987
(il giorno della scomparsa)

"Ci rifletta fino a domani. Se ancora sarà dell'avviso, venga da me all'alba."

Da quando le cose terrene non gli interessavano più, Milo aveva ridotto al minimo anche il numero di parole da usare. Lui non apparteneva più a quel genere di persone che se la cavano anche attraverso parole appropriate, volutamente addolcite, verso le quali aveva maturato molte riserve. Parlava poco, sempre meno, e in maniera diretta. Mesi prima il Professore gli aveva confidato il proposito di volersene andare via per sempre, sebbene ancora non sapesse in che modo, né dove.

"Venga con me a Gessopalena," gli aveva detto Milo, "io ci andrò il giovedì di Pasqua per seguire la Via Crucis e resterò fino al sabato."

"Non posso rischiare che qualcuno mi veda," aveva risposto il Professore.

"Tra i ruderi nessuno la vedrà. La gente sale solo una volta all'anno, per le celebrazioni del Venerdì Santo, poi nei mesi successivi nessuno ci si accosta. Fanno paura le case vuote."

Quando all'alba del 15 aprile il Professore, uscito per sempre di casa, lo raggiunse, Milo gli chiese di seguirlo senza fare domande. Il Professore lo seguì senza fare domande, ma quando fu costretto a piegarsi per passare attraverso le maglie rotte di una vecchia recinzione, gli domandò se fosse proprio necessario quel supplizio. Non ha mai visto un giardino abbandonato, vero? Una volta entrati e dopo aver fatto diverse volte il giro tra gli sterpi vigorosi e ostinati, gli mostrò una nicchia di pietra abbastanza profonda in cui avrebbe potuto mettersi a dormire. Nessuno lo avrebbe mai cercato lì e nessuno comunque avrebbe potuto vederlo. Un luogo come questo vive solo alla presenza di Dio, disse al Professore prima di andarsene. Non c'era luogo migliore, ne era convinto, in cui confermare un'idea (sparire) o cambiarla (tornarsene a casa): nel primo caso, il Professore avrebbe dovuto raggiungerlo all'alba del giorno successivo e insieme sarebbero partiti per Pescara e da lì per Gessopalena; nel caso in cui il Professore, dopo un giorno e una notte trascorsi tra le pietre e i rovi del giardino, avesse sentito invece di voler riprendere la sua vita di prima, Milo avrebbe fatto il suo viaggio da solo, come sempre.

Postiglione, Pasqua 1987

Qui, nel mondo delle evidenze, un giardino abbandonato evoca quasi sempre immagini afflitte dall'incuria: sporcizia, erba alta un metro, ladri che vi si possono nascondere, riunioni di beoni, pazzi, anarchici, qualche volta streghe. Nella mia esperienza, legata perlopiù a forme di estraneità alla realtà, il giardino abbandonato è il luogo dove certe tenebre vanno a diradarsi: è un *oltre*, accessibile e allo stesso tempo chiuso nella sua lontananza. In un giardino abbandonato non si giunge per caso, bisogna entrarci, raggiungere il centro e vedere come cambia sotto i nostri occhi, anche se nulla si muove; interrogarsi su come sopravvive a sé stessi e, se ci sono alberi, considerare da quanto tempo sono lì. Gli alberi sono formidabili traghettatori di anomalie temporali. Nel mio paese c'è ancora un albero di quelli piantati nel 1799, uno dei pochi pioppi giacobini sopravvissuti alla Restaurazione, che li sradicò quasi tutti. Chi mai saprà quante presenze sconosciute serba in sé quel solenne albero della libertà?

Ricordo una casa, una delle prime case abbandonate che catturò la mia attenzione di bambina. Questa in particolare sembrava presa in un incantesimo, sulla soglia di qualcosa che non sapevo decifrare. Per la parte della facciata, sporgeva sulla strada; per la parte sul retro, nascondeva una furia della natura a cui era proibito avvicinarsi. Chi entra non esce più, dicevano. Ma non era tanto per i rovi e le erbacce, o per gli sterpi che avvolgevano anche il cancello. Dicevano che nella terra era sepolta una donna. Lì, di fianco a una fontana senza basamento, era sepolta la donna che aveva abitato la casa fino alla morte, e poi oltre. Sulla sepoltura era cresciuto un albicocco, bagnato dall'acqua che la fontana sperdeva.

A suo tempo, era una casa chiacchierata. Erano gli anni trenta del Novecento, e al paese non si parlava che di questi due amanti. Lui, viso alla Rodolfo Valentino, costretto a fuggire dal paese perché gli era stato attribuito un omicidio, per colpa di lei: la donnaccia, che aveva occupato la mente dell'uomo con chissà quali filtri, sangue di mestruo, cose grosse insomma. Quando la vicenda si chiarì, l'uomo fu discolpato e poté ritornare dove lei non aveva smesso di aspettarlo, nella casa chiacchierata, la casa sulla soglia. Per forza, dicevano, certi legamenti non li spezza la lontananza. La madre di lui morì di crepacuore. Al funerale, lui pianse disperato. Troppo tardi!, tuonò il genio paesano. I due amanti si chiusero in casa, con il peso di aver causato tanta rovina. Non uscirono più, ma si amarono per molti anni ancora, murati dalle falangi di edera che rivestivano la casa. Morì lei per prima, ma lui non diede il corpo al cimitero. Chi mai sarebbe andato a portarle un fiore? La seppellì in giardino, con un nocciolo di albicocca piantato nella sepoltura, in modo che attecchisse e poi fiorisse. Quell'uomo aveva qualcosa nel cuore che non avrebbe mai perduto. Poco dopo, morì anche lui. Quando si diffuse la notizia, entrarono nella casa per portare via il corpo. Nessuno, tuttavia, toccò la sepoltura in giardino.

Negli anni ottanta si raccontava ancora questa storia, e io non potevo immaginare nulla di più importante e urgente di entrare in quel giardino. Ci riuscii, infine. Avevo dieci anni, ho sempre dieci anni nei miei ricordi più profondi. Era dunque il 1987, primavera, intorno a Pasqua: lo ricordo perché mia madre m'aveva mandato al minimarket a ritirare i vasetti di grano cotto per la pastiera. Deviai dal percorso di ritorno, con i vasetti nello zaino da cui non mi separavo mai (conteneva le prime necessità per la fuga che prima o poi avrei fatto: mutande ascellari che dovevano coprire bene la pancia e i reni, canottiera di lana vergine, barrette di cioccolato, il tutto nascosto sotto la felpa rosa baby con strisce dark da fiammata). Entrai per il fitto dei rovi e ciò che vidi fu un'immagine di quiete oltre il tempo e il luogo in cui mi trovavo. Mi parve allora, mentre sentivo crepitare gli sterpi sotto i passi, che un giardiniere invisibile avesse sontuosamente curato il giardino, assecondandone i cicli naturali di vita e morte. Il più amichevole e generoso di tutti i giardinieri, che ne sapeva più degli altri. Le architetture del giardino, a ripensarci ora, erano perfette e rispondevano a necessità ben definite. I rovi più alti erano tutti collegati tra loro, come a formare un riparo dall'esterno. Gli arbusti più forti proteggevano i più piccoli, in uno sposalizio con la terra che raramente ho visto in seguito. La fontana era in secca, non dava più acqua, e tuttavia l'albicocco continuava a fiorire, i fiori perfetti nel colore e nella forma, il tempo che scintillava sull'erba alta. L'immagine che mi colpì allora – di una fioritura più forte della morte – mi ha accompagnato nel tempo e mi ha persuaso che il giardino abbandonato sia il più prezioso dei giardini, un estremo bene della terra, un paradiso sparso ma senza più l'ombra del peccato. Così di là, nel mondo delle inevidenze, fa sera e fa mattina anche se noi non ci siamo, la luce filtra tra le foglie degli alberi e ogni cosa coincide con qualcos'altro. All'infinito.

Roma, 16 aprile 1987
(la scomparsa)

"Ho deciso, verrò con lei."

Nella Quaresima ormai venuta, appesa la colpa dei peccati, il Professore raggiunse Milo, che ancora sonnecchiava nel suo giaciglio di fortuna nei pressi di piazza San Pietro, e lo scosse leggermente. Mancava poco all'alba, e il Professore sapeva con certezza dove trovarlo. Da quando si erano conosciuti, il giorno di Natale del 1986, si erano incontrati diverse volte, nel fango, lungo viali di condomini sporchi, tra altri che strisciavano i piedi o si accasciavano sui marciapiedi, lordi dei propri escrementi, ma Milo diceva che dopo un po' la puzza non si sente più. Il Professore lo raggiungeva, e sedendogli accanto gli teneva compagnia senza dire granché, del resto che c'era da dire? Soldi Milo non ne aveva mai voluti, né riparo in una struttura abitativa. Mi lasci qui a marcire, gli disse una volta. Leggeva Thoureau, e dai suoi scritti aveva imparato ad ascoltare gli alberi, a cercare fiori selvatici. Qualche volta aveva accettato dal Professore la grazia di un pasto caldo, di una coperta; qualche volta una revisione dal barbiere, più che altro per evitare le cimici che se si attaccano lo fanno in silenzio, anestetizzando la parte che mordono.

"Professore, ha deciso allora. Ne è sicuro?"

Si misero in cammino. Alle 9 partiva il treno per Pescara, dove avrebbero preso la corriera per Gessopalena. Prima di svoltare verso la stazione fecero una sosta al forno di Nino: "Oggi mi servirebbe del pane in più, per due amici," disse Milo al fornaio mentre il Professore aspettava fuori, la testa e il collo rinserrati nel cappotto, sperando di non incontrare nessuno che potesse riconoscerlo.

Alle 9 erano seduti in treno. Milo aveva voluto pagare da sé il suo biglietto, con i soldi racimolati con lavoretti che nessuno voleva fare. A sera bussava alle case dei quartieri ricchi o migliorati in quegli anni, e si offriva di gettare la spazzatura in cambio di pochi spiccioli. Di solito quei bustoni di rifiuti contenevano avanzi di cibo ancora buoni, frutta e ortaglie appena un po' scurite, mezze torte con i riccioli di crema gialla o bianca. Nella sua condizione di vulnerabilità, il rifiuto era solo qualcosa che veniva fiutato due volte: la prima, da quelli che se ne erano liberati; la seconda, da quelli come lui che ci facevano il pranzo. Le signore dei quartieri ricchi usavano grandi buste di boutique per raccogliere i rifiuti. Le signore dei quartieri migliorati usavano invece sacchi neri di media misura. In un caso e nell'altro, occultare l'avanzo era secondario rispetto al messaggio che si voleva inviare al vicino: spendo in questa rinomata boutique al punto che ho buste in eccedenza da usare per la *spazza*; oppure – nel caso dei saliti di grado nella scala sociale –: non vedrai cosa avanza nella mia cucina e non saprai mai se acquisto al supermercato o, come vorrei che credessi, in quella piccola gastronomia dove il prosciutto crudo e il parmigiano costano quanto dei denti nuovi.

A metà del viaggio, il Professore cominciò a scrivere quella che a Milo parve una lettera. Il Professore aveva forse dimenticato gli occhiali – c'era tanto sforzo in lui nel tentativo di tenere dritto il rigo. "Vuole che l'aiuti?" domandò, "lei detta e io scrivo?" "No, amico caro, non si disturbi." Meglio così, pensò Milo, dato che non riusciva a starsene seduto: si alzava, andava in corridoio, guardava i paesaggi in fuga attraverso i vetri sporchi del treno; poi mangiò un pezzo di pane.

Arrivarono a Pescara con un'ora di ritardo. Il Professore preferì non uscire dalla stazione, mentre Milo chiedeva della corriera per Gessopalena. I nipoti e la sorella e una discreta coda di parenti del Professore vivevano in città, o vi erano tornati per i giorni di festa, a momenti era Pasqua. No, non avrebbe mai voluto dare loro quel dolore. Sparire nel nulla, diventare un segreto. Avrebbero fatto mille congetture e poi, con il tempo, sarebbero arrivati a una conclusione accettabile, perlomeno era quello che sperava. Si sarebbero rassegnati, come la moglie di Wakefield nel celebre racconto di Hawthorne. Solo che lui non aveva affittato un appartamento in una strada vicina come aveva fatto Wakefield, e mai e poi mai sarebbe tornato sui suoi passi.

"Professore, la corriera sta per partire, venga."

Milo lo scosse leggermente, usandogli la stessa delicatezza che gli aveva usato lui al mattino: "Mi permetta," disse, e lo prese per un braccio. Fianco a fianco si avviarono verso la loro destinazione, ombre in piena luce, due segreti che si stavano negando alla realtà che, altrimenti, li avrebbe annientati giorno dopo giorno ancora di più. Due esistenze mancate. Due amici.

Scomparire

Un giorno come un altro, anche se la giornata è buona e gli uccelli canticchiano su qualche ramo di ciliegio provocatoriamente fiorito, anche se ogni frase ha la sua grammatica perfetta e vecchi e vecchie camminano a passetti dandosi la mano e sorridendo ai passanti; un giorno come un altro si può decidere di scomparire.

In un'esperienza di tempo circoscritto, qualcuno potrebbe prendere la decisione di voler bastare a sé stesso. È il caso di Henry Thoreau che nel luglio 1845, a ventotto anni appena compiuti e per i due successivi, si ritira sulle sponde del lago Walden, in una capanna da lui costruita, nutrendosi dei frutti del suo orto, passeggiando tra i boschi e guardandosi intorno: animaletti, fronde d'albero, l'acqua del lago "occhio della terra", tutto è miracolosamente con lui e lo riguarda, nella più totale e immediata delle disappartenenze a un tipo di società dedita solo all'accumulo di ricchezza; lui al contrario, in una "infinita attesa dell'alba che non ci abbandoni neppure nel sonno più profondo", vuole vivere in profondità e succhiare tutto il midollo della vita, per non scoprire in punto di morte di non aver vissuto.

Dall'orto di Thoreau all'orto di mio padre – anche lui in una specie di separazione da un sentire generale che non è più il suo –, le cui ortaglie riescono perché, dice, ne intuisce i bisogni: chi viene dalla terra sa capire la terra. Gli riescono anche i pomodori in inverno. Non usa soluzioni chimiche, non se la prende con gli insetti, anch'essi parte della sua compagnia. Acqua e dedizione. "Riportami poi la busta dell'Ikea" – la sporta capiente in cui, quando vado a trovarlo al paese, infila le scorte per i miei ritorni in città, la città che per lui è sempre stata una battaglia lontana – "Mi serve per coprire le patate, sennò *cigliano.*"

Sembra che il rapporto con la terra, comunque lo si intenda, sia di fatto determinante nella scelta di vivere con discrezione. Pensiamo al modo di sottrarsi allo sguardo degli altri, il vivere nascosti nel giardino di Epicuro, lontano dal tumulto e dagli affari della città, nella quiete di un docile ritiro e con la compagnia di pochi amici, accuratamente scelti. Quel giardino, che poi diventò una scuola, è anche una morale non della scomparsa di sé ma, paradossalmente, dell'affermazione più rivendicativa di sé, risparmiandosi l'ingombro degli altri. Forse è un caso, ma "Non nel mio giardino" è un'espressione che viene direttamente dagli albori americani degli anni ottanta.

Ancora, ci si può sottrarre alla vista degli altri, tutti quegli altri che non rientrano nel cerchio ristretto della propria famiglia, come fa Domenico in *Nostalghia* di Andrej Tarkovskij, che si chiude in casa per sette anni con moglie e prole: teme la fine del mondo, che sia ormai prossima, tanto è insopportabile il grado di fredda indifferenza raggiunto nella società umana.

Si può *evaporare*, o essere costretti a farlo, a causa di una profonda vergogna – per aver perso il lavoro, per avere fallito in qualcosa –, e in Giappone pare ci sia un intero quartiere popolato da uomini e donne (*johatsu*, gli *evaporati*) che non sono più stati in grado di gestire la propria vita e hanno scelto di cancellare ogni traccia di sé, anche attraverso l'aiuto di specifiche organizzazioni.

Si può, anche, decidere di "scomparire il più discretamente possibile", e questo fu il fermo proposito di Robert Walser, che scelse il silenzio e l'internamento volontario in una clinica psichiatrica, stanco, davvero stanco dell'abisso della società, piena di asperità e di intoppi. Durante le sue passeggiate nella penombra di un bosco o nella nebbia, null'altro voleva che lasciarsi pervadere da Dio, allontanati per sempre "l'opacità, i preconcetti e le tristi prerogative" dell'io, e avendo fiducia fino all'ultimo, fino all'orma del suo corpo trovato nella neve, nell'arbusto in fiore, celestiale quanto il cielo stesso. D'altronde, come aveva scritto in un suo aforisma, "l'inizio e la fine si stringono la mano sorridendo. Apparire e scomparire sono una cosa sola".

Andarsene

C'erano un tempo – ci sono ancora, vecchissime, in qualche paese – delle figure liminali, perlopiù donne, perennemente sospese tra il visibile e l'invisibile. Conoscevano le arti oscure di curare con una parola, una formula-pozione, un rito, una mescolanza di erbe. Ma soprattutto conoscevano l'animo umano, le sue deboli congetture, pronte prontissime a passarvi sopra una mano. Il genio paesano quasi sempre le confinava in una superstiziosa sospensione: streghe, maghe, fattucchiere. Spesso isolate nella comunità, venivano nascostamente assediate da richieste d'aiuto anche dei più scettici, quando le cose non tornavano.

In paese, io ne ho conosciuta una. Si diceva che togliesse il malocchio e avesse chissà quali occulti commerci. In realtà, nell'ampiezza dei suoi sguardi tratteneva come cosa preziosa il senso dell'essere umani, il sentire ciò che nell'altro è vivente. Scuola poca o niente, ma intuiva le vie imperscrutabili del destino e leggeva i mistici, assidua di una chiesa deserta e dimenticata. Poi era svelta: il tempo di vedere una luce in un'anima, di farne breve parola e tornare nella notte. Umanità. Questo trattengo dell'incontro con lei, prima che sparisse per sempre. Un giorno, reggendosi a un bastone attorcigliato che già di per sé era indicativo di una temibile stregoneria, s'incamminò lungo la via che dal paese porta alla montagna, secondo le dichiarazioni di chi l'aveva vista passare, e non tornò più. Se n'era andata.

Anelli

In *Nostalghia*, che Andrej Tarkovskij e Tonino Guerra ambientarono tra Toscana e Lazio, forse anche in Umbria, c'è una scena girata a Roma, in piazza del Campidoglio. Domenico, un estraneo a questo mondo e perciò ritenuto folle (*jurodivyj* in russo, il *folle di Dio*), uscito dalla clausura cui si era costretto insieme alla famiglia raggiunge la capitale e s'improvvisa capo di una delegazione di folli. Arrampicatosi sulla statua equestre di Marco Aurelio, prima di cospargersi di combustile e darsi fuoco (il fuoco intorno al quale raccogliersi dopo la sparizione dei maestri), pronuncia il suo atto d'accusa: "Se volete che il mondo vada avanti dobbiamo tenerci per mano. Ci dobbiamo mescolare, i cosiddetti sani e i cosiddetti ammalati. Ehi, voi sani, che cosa significa la vostra salute? Tutti gli occhi dell'umanità stanno guardando il burrone dove stiamo tutti precipitando. La libertà non ci serve se voi non avete il coraggio di guardarci in faccia, di mangiare con noi, di bere con noi, di dormire con noi. Sono proprio i cosiddetti sani che hanno portato il mondo sull'orlo della catastrofe."

Quella mattina, mentre veniva girata la scena, Milo era nei paraggi, e come tanti si fermò a guardare. Dapprima pensò a un evento straordinario dell'Estate romana, la bella idea che qualcuno aveva avuto di portare il cinema e la musica negli spazi pubblici in modo che chiunque potesse assistervi, anche quelli senza un soldo in tasca come lui, un nullatenente con le scarpe da tennis come nella canzone di Enzo Jannacci, un *barbon*. Poi, quando l'attore sulla statua di Marco Aurelio gridò che "bisogna ascoltare le voci che sembrano inutili; bisogna che dai cervelli occupati dalle lunghe tubature delle fogne e dai muri delle scuole, dagli asfalti e dalle pratiche assistenziali, entri il ronzio degli insetti", gli tornò in mente un intrico della sua vita che in un certo senso lo riportava alle tubature delle fogne. Così, mentre i presenti si stringevano l'uno all'altro e in un unico passo avanzavano verso il centro delle riprese, essi stessi mettendo in scena una improvvisata verità ideale di quelle che potevano uscire dal pennello di Pellizza da Volpedo; mentre l'attore, finito il monologo, si cospargeva di combustile e si dava fuoco, Milo si voltò di schiena e ancora una volta si avviò a tornarsene da dove era venuto, mesto, due volte mesto per la mancanza di coraggio necessario al gesto risolutivo, il gesto finale dell'attore sulla statua. C'è da aggiungere – ma è un'aggiunta al momento solo decorativa, giacché l'evento si chiarirà in seguito, si spera – che in quell'inaspettato raduno, per una manciata di minuti, fu presente anche il Professore, ma al tempo lui e Milo non si conoscevano. Si sfiorarono, chissà, forse si guardarono anche, ma non si riconobbero, non ancora. Il destino a volte fa così: bussa e si ritira, bussa di nuovo e di nuovo si ritira, poi un giorno irrompe.

Postiglione, estate 1991

Un'estate, avevo appena finito le medie, lessi una lettera in cui Seneca scriveva a Lucilio che non il denaro, non la toga pretesta, non la fama e neppure la bellezza e la forza possono rendere felici, ma lo spirito – retto, onesto, grande – o come altro puoi chiamarlo, se non addirittura un dio che dimora nel corpo umano, nel corpo di chiunque, cavaliere, liberto o schiavo, che sono solo nomi dati dall'ambizione o dall'ingiustizia. Era il tempo dei primi sbarchi di albanesi sulle coste italiane – migliaia di migranti in fuga, migliaia di disperati, assetati, disidratati, tra le mani soltanto la spaventosa prospettiva della propria mortalità. E in quel tempo io leggevo dei nomi dati dall'ambizione e dall'ingiustizia, leggevo del dio che dimora nel corpo umano. In tutti i corpi umani? Seneca offriva la prima mediazione linguistica alla mia esperienza confusa. La realtà esiste, mi dicevo, e io ne avvertivo il peso. Indizi appartenenti alle visioni di quei giorni puntavano in direzione di questa verità profonda: in ogni essere umano dimora un dio. Seneca non si riferiva non a un dio trascendente, ma a questo arrivai in seguito. In quei giorni mi colpì invece l'immagine di un dio che dimora in ogni corpo umano – e perché non anche nelle *piccole persone*, gatti, cani, allodole ondose? –, e se così era, perché vedevo tanta sofferenza in più rispetto alla capacità di sopportazione dei semplici mortali?

Cominciava a definirsi in me il sentimento di un'appartenenza: quelle immagini mi riguardavano anche se ero al sicuro nella mia comoda casa e non in mezzo al mare, sotto il sole che fa combustione con la pelle; rinfrescata, io, dai venticelli di montagna, tutto uno stormire di frasche, uccelletti, cicale scervellate. Io, creatura nata per caso tra gli agi, inappetente e piagnucoloso grumo di carne a cui davano il ferro in boccetta per l'anemia e il Travelgum per la gita scolastica a Capri, proprio io venivo chiamata in causa: quelle immagini di disperazione mi interrogavano e non sapevo cosa rispondere.

Cosa c'era oltre il giardino confuso di mio padre, oltre le siepi da cui si lanciavano le vespe? Mi fischiavano le orecchie nell'assoluta assenza di suoni, calata com'ero senza merito in un paesaggio accogliente, modellato a colpi di pollice. Cosa c'era in quella umanità esule, cosa se non tanti dèi quante erano le teste che non riuscivo nemmeno a contare? Uno scatenato rigoglio di teste, con una specie di sofferenza ostruttiva che impediva loro di parlare. Tante teste disposte a morire, come se quell'ultimo giorno fosse la vita intera, tutta la vita che ci vuole per imparare a morire.

Gli dei ci creano molte sorprese, disse una volta Euripide. Per quanto mi riguarda, anche se non mi sono fermata al giardino di mio padre e anzi, spesso, sono entrata nei giardini degli altri e ancora di più nei giardini di nessuno, dove ogni cosa significa qualcos'altro e un verme non è solo un verme ma un disabitante segreto, altrettanto spesso ho creduto che fosse più semplice lasciare le cose a una questione sottintesa, senza nome. Non fare e non dire nulla. Posso dunque dirmi innocente? La dimenticanza, connaturata all'uomo anche nelle cose più essenziali, mi ha riportato tante volte ai miei quieti confini. Ho pensato È ingiusto!, davanti alle sofferenze degli esseri umani, ma ho chiuso la porta e me le sono lasciate alle spalle già mentre preparavo la cena.

Nella nebbia

Federico Caffè era come l'uomo del faro, studiava i venti e le correnti del mare, trepidava per le imbarcazioni in gran tempesta, faceva luce nella notte con una lanterna e mai si stancava di indicare la costa nella foschia. Ma chi gli dava retta?

"Il passato oscurantista rivive in molti modi," scrisse nel 1985. "Tra i provvedimenti adottati negli Stati Uniti d'America per contenere le spese di carattere sociale, vi è la riduzione di un sussidio di cui beneficiano le donne con figli a carico e abbandonate dal padre di questi ultimi; riduzione che viene applicata qualora le donne in parola riescano a conseguire qualche entrata aggiuntiva con il lavoro nero. All'atto dell'adozione di questa misura, si affermò che le beneficiarie del sussidio avrebbero optato per l'importo integrale di questo, anziché per la continuazione del lavoro nero. È accaduto il contrario. Ma la congettura è di per sé rivelatrice di una mentalità del tutto analoga a quella che indusse, nelle più remote leggi a favore dei poveri, a imporre che questi abitassero in apposite case che costituivano di per sé l'indicazione esplicita di una condizione sociale degradante. [...] Che la gente miri a ottenere un lavoro; che abbia compiuto emigrazioni bibliche per procurarselo; che l'attaccamento al posto di lavoro in attività dette declinanti derivi dalla chiara consapevolezza della mancanza di alternative sono verità altrettanto evidenti, quanto trascurate con una alzata di spalle."

Il suo spirito di opposizione, alimentato dal desiderio di trovare per tutti un modo di vita in cui dignità e un minimo di certezza potessero coesistere, lo portava a dare battaglia, a mostrarsi insofferente verso la perdita di criteri di governi e opposizioni, perdita strettamente legata alla perdita di visione. Il suo attacco alle "non politiche per il lavoro" era instancabile, feroce la denuncia delle speculazioni finanziarie e dei traffici degli "incappucciati della finanza". Etichettato come economista eterodosso, si muoveva in realtà nel solco di una grande tradizione che andava da Adam Smith a John M. Keynes. La sua critica, attraverso gli innumerevoli scritti, era martellante. L'Italia del dopoguerra era una società in crescita, il benessere che via via aumentava avrebbe comportato un miglioramento del senso civico, lui di questo era certo, ma quel benessere doveva essere per tutti e attraverso il lavoro poteva essere di tutti. Gli stava a cuore la povera gente, specie quella che doveva nascondere con le mani i propri denti guasti, e che patisse la fame, che dovesse implorare un sorso di minestra, mentre cambiava in peggio la disposizione delle persone per la solidarietà e i sentimenti: non riusciva ad accettarlo, come facevano i più, con la stoica serenità con cui si accettano i temporali o le bugie di certi giornali e di certi preti. Nel 1967, mentre dagli USA arrivavano i numeri emersi dal dibattito sulla povertà, vale a dire quaranta milioni di individui ridotti a uno stato di indigenza assoluta nel paese più ricco del mondo, Caffè inviò degli allievi tra le baracche che circondavano Roma, sotto gli archi dell'Acquedotto Felice, sulle sponde del Tevere e dell'Aniene. Al termine di quella esperienza – che si concluse con tre tesi di laurea, poi riunite in un volume pubblicato con il titolo *Roma, la città contro l'uomo*, e con una baracca acquistata dallo stesso Caffè per il doposcuola dei ragazzi della borgata, spesso inseriti in quelle che allora veniva definite "classi differenziali" – scrisse: "La testimonianza fornita da questi giovani è andata ben oltre quanto mi attendessi in termini di serio impegno di studio. Per oltre un anno essi sono vissuti nella borgata scelta ad oggetto di indagine, lavorando e pernottando in due baracche in nulla dissimili da quelle degli altri abitanti nella borgata. Nell'avvicinare quest'ultimi per fini di studio, essi si sono resi conto che il problema più grave dei 'baraccati' non era quello della casa, bensì quello della solitudine, dell'isolamento, della sensazione di essere 'esclusi'."

Nel 1982, a beneficio di chi volesse avvalersene, stilò un elenco di misure di politica economica. In cima all'elenco caldeggiava l'attenzione per gli aspetti reali dell'economia rispetto a quelli finanziari, e in chiusura metteva l'accorato invito a non aumentare tariffe e prezzi politici, e a non toccare la scala mobile.

Un paio di anni prima, in uno scritto intitolato *La solitudine del maratoneta*, aveva dato un avvertimento: "Insomma, allo stato attuale delle cose, rifugiarsi nella più eburnea delle torri d'avorio appare preferibile all'occuparsi dei problemi correnti della politica economica del nostro paese. Dall'alto di questa torre, con la pazienza degli eremiti che rendevano testimonianza mettendosi, appunto, in cima ad alte colonne, attenderò che si faccia una scelta chiara tra 'egualitarismo' e 'professionalità'."

Postiglione, 23 novembre 1980

Da dove venissero, nessuno avrebbe saputo dirlo; forse dal buio, dove poi tornarono. In effetti non si pensò subito al terremoto: erano boati, solo questo. Invece, tutto in una volta il finimondo. *'U bestione* – come sarebbe stato chiamato in seguito soprattutto fra i passi degli Alburni, l'equivalente dell'*orcolat*, l'orcaccio, che in lingua friulana denominò il terremoto del 1976 – durò novanta secondi e fece uno squarcio nella terra, una spaccatura lunga migliaia di vite umane. L'ago del sismografo impazzì sul diagramma. Novanta secondi sono niente nella storia della terra, ma sono un tempo infinito nella storia della distruzione. Come se fosse esploso un milione di tonnellate di tritolo, interi poverissimi paesi si ridussero in polvere, quasi tremila i morti, un numero imprecisato di feriti.

Mia madre, mia sorella e io eravamo a casa, come sempre. Mio padre era fuori, come sempre, per una di quelle riunioni del PSI nelle quali il sottofondo musicale era dato da un 45 giri da cui partiva un ritornello che conoscevamo a memoria, dato che non preghiere, non poesie, non sciocche filastrocche mio padre chiedeva che imparassimo, ma *profumo di garofano, città di socialisti, terra di Meridion...* Quante se ne passano in quella malintesa età dell'oro che è l'infanzia.

D'un tratto, il grido di mia madre da un'altra stanza: "Sotto il tavolo! Correte sotto il tavolo!" Io presi mia sorella per mano e feci esattamente quel che dovevo. La terra tremava così tanto che nostra madre, sbalzata da un lato all'altro del corridoio, non riuscì a raggiungerci prima della fine della scossa inziale. Ma quando fu con noi sotto il tavolo, con una forza che solo le madri davanti ai figli in pericolo riescono a tirare fuori, ci agguantò con le unghie e i denti e senza allentare mai la presa ci portò in strada, in mezzo alla gente che vi si era riversata, e svenne.

Una settimana dopo ricevetti il battesimo, finalmente. Avevo tre anni, perciò al fonte ci andai camminando, dopo interminabili discussioni tra i miei genitori sull'opportunità o meno di imporre un sacramento a chi non poteva decidere per sé. Ci pensarono gli eventi a risolvere per loro. Il terremoto aprì la strada ai sacramenti per tanti, tantissimi che ne erano privi. Per me e per mia sorella fu il battesimo tardivo, per migliaia di altri fu l'estrema unzione.

"Don Antonio, com'è elegante stasera," dissi al prete che per la prima volta vedevo con i paramenti bianchi e dorati.

Lui mi sfiorò le orecchie e la bocca, come si fa in questi casi battesimali. Poi disse una parola che non ho mai dimenticato, o forse ho creduto di sentirla. Avevo, allora, delle tenui, innocenti premonizioni. "*Effatà*," disse.

Effatà lo disse Gesù Cristo al sordomuto. *Apriti al sentire. Apriti al dire.* Penso che per il momento non ci sia parola più bella. La lascio qui come una cosa che fa luce (*parola* in ebraico significa anche *cosa*), mi servirà in seguito.

Ogni dolore

Il decennio in cui Federico Caffè decise di sparire era dunque cominciato anche con un terremoto che portò alle cronache nazionali la vita di paesi al limite della sussistenza, per i quali si aprirono scenari addirittura peggiori di prima. Al contrario di quanto era accaduto in Friuli, dove tenacemente si ricostruì dalle macerie del 1976 dando perfino un più vigoroso slancio all'economia – "Prima le fabbriche, poi le case, poi le chiese" fu la linea seguita dagli amministratori per la ricostruzione –, a perdere la casa al Sud furono soprattutto quelli che una casa nemmeno l'avevano.

In un articolo pubblicato sul *Manifesto* tre giorni dopo il terremoto – *2914 morti, 10mila feriti, 300mila sfollati* –, Caffè sottolineò: "Ogni dolore, ha scritto all'incirca Leone Tolstoi, ha una sua connotazione particolare. La nuova avversità che colpisce il Meridione reca con sé tutta l'amarezza dell'emarginazione che, rivelando in pieno la crudezza dei suoi aspetti, denuncia l'indifferenza, l'inerzia e l'assuefazione di cui siamo tutti in qualche misura responsabili. Non era necessario il terremoto per metterci sotto gli occhi la vita grama di paesi al limite della sussistenza fisica. La carenza dei servizi sociali; lo stato di abbandono di comunità per le quali la sofferenza, il sacrificio, le rinunce costituiscono la trama abituale di esistenze che, pur logorate dall'affanno quotidiano, non rinunciano a una tenace operosità."

Cinque mesi dopo, nelle pagine di alcuni quotidiani nazionali si cominciò a denunciare il ritorno di un certo antimeridionalismo ("Il terremoto? Faccenda dei meridionali"), espresso in scritte sui muri che andavano via via sostituendosi a quelle delle Brigate rosse. Scritte contro i terroni che spuntavano nelle fabbriche di Milano e nei bar, e quasi si arrivava a sostenere una "differenza umana" insuperabile tra gli italiani del Nord e quelli del Sud, questi ultimi piagnoni e incapaci di aiutarsi da sé, e per i quali non valeva la pena spendere quattrini per sostenerli nell'ora più buia. "Questo razzismo lo si respira nei discorsi in treno, in certe barzellette atroci [...] Si potrebbe ipotizzare che coloro che hanno il benessere non possono alla lunga non provare fastidio per i poveri [...] Ma la spiegazione ci pare un'altra. Il malessere sociale, morale e politico, che è così profondo, della società italiana, aveva bisogno di un capro espiatorio."

Ritornano le immagini di valigie di cartone o chiuse con lo spago. Immagini di lunghi viaggi nei treni della speranza. Quartieri o paesi dormitorio. Braccianti del Sud diventati solo braccia nelle fabbriche del Nord, in Germania o in Belgio. Immagini di un Meridione negletto, la "palla di piombo ai piedi dell'Italia", abitato da diavoli che si crede preferiscano guardare le partite di calcio in televisione piuttosto che avvitare bulloni, "e sarebbe facile osservare che i bulloni che i meridionali non saprebbero avvitare al Sud li hanno maneggiati molto bene nelle fabbriche del Nord o all'estero, dove sono emigrati a milioni".

La questione era complessa, e come sempre Federico Caffè ne mise in luce alcuni fondamentali punti: "Una altissima autorità morale disse alcuni decenni or sono che la patria è là dove è possibile trovare lavoro. Coloro che se ne sono andati non lo hanno fatto a cuor leggero... La verità è che abbiamo sottovalutato il gesto di alcuni paesi europei che hanno consentito agli emigrati meridionali di ospitare per qualche tempo i loro congiunti. È un gesto anche di apprezzamento per i lavoratori che non abbiamo saputo utilizzare... È veramente da auspicare che sia trovata una nota giusta che mi sembra sinora mancata, nella trattazione delle rovine che hanno danneggiato il meridione. Non si può, d'incanto, far sorgere la partecipazione democratica dove è lungamente prevalso il costume a subire l'assoggettamento da parte di 'chi sa' e di 'chi può'. Non si può pensare che la necessaria pulizia e trasparenza in determinazioni che coinvolgano pubblico denaro siano una specie di dono insperato e non una faticosa e logorante conquista."

A ogni modo, il 4 dicembre 1989 nacque ufficialmente il partito della Lega Nord.

Il colmo per un vestito di lana? Farlo sfilare

Due righe inviate al *Corriere dei Piccoli* nel 1988 e pubblicate nella sezione *Inviaci la tua barzelletta*. Due righe che non facevano ridere ma contenevano un messaggio, o meglio quello che la me undicenne riteneva un messaggio criptato, e che sarebbe stato colto da chi doveva cogliere. Ogni settimana acquistavo questo giornalino pieno di fumetti (la Pimpa, su tutti, mi piaceva, e David Gnomo) nella cartolibreria di Mario, e in uno dei numeri precedenti avevano pubblicato, ricordo, la foto di una cantante in voga in quel momento, Sabrina Salerno, con un commento relativo al cognome, qualcosa tipo "Bella, anche se è Salerno." Che significava? Conoscevo abbastanza bene la città di Salerno, il lungomare soprattutto (il mare, sempre d'altri), e poi proprio a Salerno – dove era nato il poeta Alfonso Gatto – collegavo le mie prime esperienze quasi culturali. Al paese, rintanata tra gli Alburni, leggevo di continuo, leggevo quello che trovavo, ma una libreria con gli scaffali traboccanti di storie e luoghi da immaginare non l'avevo mai vista. Ne vidi una per la prima volta a Salerno. Mi ci portò mio padre come regalo per il mio decimo compleanno (come detto, ho sempre dieci anni nei miei ricordi, è sempre il 1987, e la mia prima copia del *Pinocchio* di Collodi l'acquistai in quella libreria, con i soldi avuti in regalo per l'occasione). Era dunque maggio e la città sembrava una cartolina. Anche oggi Salerno è un filo rosso che mi collega a Alfonso Gatto. La sua poesia ha accompagnato i miei passi incerti, e il suono delle sue parole, così belle e dolenti, tuttora sorregge il mio scrivere di ombre e margini: di silenzi. Per sempre così.

"Che vuole dire *bella, anche se è Salerno*?" domandai a mio padre.

"Ripeti."

"Bella Sabrina Salerno, anche se è Salerno. L'ho letto sul *Corriere dei Piccoli.*"

"Ah, roba del Nord, lassù ci odiano."

"Ma chi?" Non potevo crederci, la Pimpa mi odiava.

"Non tutti. Qualcuno ci odia e ci chiama terroni."

"Che significa?"

"Boh, qualcosa che ha a che fare con la terra. Che siamo fatti di terra o che ce la mangiamo."

"Io non ho mai mangiato la terra, e sono fatta di carne e ossa."

"Sei fatta di terra, come tutti del resto, polvere di terra uguale per tutti, anche se lassù pensano di essere fatti di lana."

Non saprei dire se effettivamente disse *lana*, oppure *latte*, alludendo al colore, ma io intesi *lana*. A ogni modo ero una terrona. Lo scoprivo in quel momento e mi guardavo le mani, erano pulite. La mia faccia allo specchio non aveva niente di terreo: ero anemica, con le occhiaie, pallida, indescrivibilmente pallida, come sempre. Chissà poi com'era sentirsi fatti di lana. Io comunque non odiavo nessuno, nemmeno chi mi odiava, la mia anima era in pace, amavo la Pimpa con la sua lingua di fuori e David Gnomo con la rubizza moglie gnoma, ma un messaggio criptato sotto forma di barzelletta potevo mandarlo, che mi costava?

L'infinito istante

Gli anni ottanta (e anche parte dei novanta) sono una moltitudine di fotografie incollate alla buona sulle pagine di voluminosi album con la copertina di pelle o di stoffa, oppure conservate in scatole di latta, finiti i biscotti al burro – i biscotti danesi che in quegli anni si diffusero inspiegabilmente in Italia, e li si portava in regalo quando si andava in visita alle case degli altri, o quando veniva il momento di subire i filmini delle vacanze girati apposta per gli amici, per tacere delle diapositive proiettate sui muri, e tutti zitti, bambini, neanche fossimo al cinema. In una di queste scatole, ho trovato una foto di piccolo formato che è un regesto del costume di quegli anni:

– ho tre anni e sto in piedi su una sedia, indosso una maglia ben stirata dalle mani di mia madre che tendeva ogni fibra, sto per soffiare sulle candeline accese di una delle torte esposte sul tavolo del salotto della vecchia casa, c'è una tovaglia tutta ricamata, di sicuro opera di mia madre, mia madre è con me nella foto;

– intorno ci sono i mobili neri con le poltrone in pelle che erano nelle case di tanti italiani all'epoca;

– sul tavolo, le torte con i riccioli di crema gialla o bianca, fatti con strumenti autoprodotti, trucchi tramandati al telefono o sui quaderni di ricette;
– i piatti del servizio buono per far vedere che li abbiamo, e i piatti e bicchieri di plastica che dopo raccoglieremo in quei bei sacchi neri, insieme agli avanzi;
– la mia maglia è rossa, perché i genitori di sinistra tenevano a farlo sapere;
– la mano di mia madre è protesa verso la mia schiena, ha paura che cada;
– è maggio, ho appena compiuto tre anni e non sono ancora stata battezzata; tuttavia salgo sulla sedia per soffiare sulle candeline, voglio farcela da sola, come già sapessi che è meglio cominciare per tempo.

Postiglione, 20 marzo 2023

Ho appena seppellito mia madre.

Dicono che sia nell'ordine delle cose, il naturale svolgersi delle vicende umane. Dicono che c'è un tempo per vivere e un tempo per morire. Un tempo per essere figli e un tempo per non esserlo più. Per quante volte me lo sia detto, per quante volte l'abbia sentito dire, no, non c'è niente di naturale in una colata di cemento sulla fossa che sta per prendere chi ti ha messo al mondo, nei chiodi che chiudono la sua bara, nello sgargiante adesivo delle pompe funebri sul coperchio.

Mentre le funi calano il feretro nello spazio cavo che sarà suo per l'eternità – per un tratto dell'eternità che l'attende, finché dura la concessione del suolo comunale, fino alla riesumazione, la forzata resurrezione di chi non dispone di una cappella privata – realizzo di trovarmi di fronte a un sensazionale evento di decreazione. Consegno al disfacimento e alla polvere colei che da un niente mi ha fatto; uscii da lei che pesavo quattro chili, poi sei, otto, dieci... Lei ora ne peserà meno di quaranta, poi trenta, poi saranno venti...

Lei mi ha dato alla luce, io ho dato lei alle tenebre.

Lei mi ha messo al mondo, io assisto mentre passa nel sottomondo.

Lei mi ha nutrita, io le ho messo le flebo.

Lei ha disteso le mie gambe perché camminassi, io ho ripiegato le sue quando nel letto diventavano tronchi.

Creazione contro decreazione.

Impari, sbilanciato, questo nostro rapporto attuale.

Effatà

Tra le carte degli arcani maggiori la numero 13, meglio nota come la Morte, simboleggia il passaggio a uno stadio successivo, una trasformazione, la fine di qualcosa e, insieme, l'inizio di qualcos'altro. "L'inizio e la fine si stringono la mano sorridendo. Apparire e scomparire sono una cosa sola," mi ripeto a cantilena l'aforisma di Robert Walser. Questa carta è anche conosciuta come l'*arcano senza nome*. Mettiamola così: se nominare le cose è indispensabile per farle esistere, non nominarle è essenziale perché non esistano. Se non nomini la morte, questa non esiste. Nomini e crei. Non nomini e decrei. Ho fatto questo ragionamento a uso e consumo del mio dolore. L'arcano numero 13 mi rivela che la morte non esiste. Accade, ma non dura per sempre.

> In quel tempo Gesù, uscito dalla regione di Tiro, passando per Sidòne venne verso il mare di Galilea, in pieno territorio della Decàpoli. Gli portarono un sordomuto e lo pregarono di imporgli la mano. Lo prese in disparte, lontano dalla folla, gli pose le dita negli orecchi e con la saliva gli toccò la lingua; guardando quindi verso il cielo, emise un sospiro e gli disse: "Effatà", cioè: "Apriti." E subito gli si aprirono gli orecchi, si sciolse il nodo della sua lingua e parlava correttamente.

Niente

C'è un confine tra *niente* e *qualcosa*. Lo sfiora spesso Virginia Woolf, quando spinge i suoi personaggi a fare congetture tra veglia e sonno. Prendiamo Clarissa Dalloway in crociera, mentre solca l'oceano diretta in Sudamerica: la vediamo riflettere sopra un piccolo volume di Pascal da cui non si separa mai; la ascoltiamo chiedersi, prima di cedere al sonno, se sia un bene per una donna vivere con un uomo che le è moralmente superiore, come è Richard per lei: "Ci rende così dipendenti. Suppongo di provare per lui ciò che mia madre e le donne della sua generazione provavano per Cristo. Ciò dimostra che non si può fare a meno di qualcosa." A questo punto, l'autrice ci informa che Clarissa è già piombata nel sonno, che è come al solito estremamente profondo e ristoratore. E viene da chiedersi se mai un uomo si sia posto la questione della superiorità morale di una donna. E poi, cosa pensano in realtà certi uomini quando le proprie compagne, mogli, amanti raggiungono vette, mettiamo professionali, insperate fino a cinquant'anni fa?

Anne Carson scrive che, in tutta la sua opera narrativa, Virginia Woolf ha amato toccare questo confine tra *niente* e *qualcosa*. Ecco, io ho avuto qualcosa, qualcosa che mi è venuto dai libri, la forza di usare le parole senza che nessuno dovesse prima darmi voce, perché ho una voce e posso prenderla. Mia madre questo non lo ha avuto. Transitata dal padre al marito, da un paese più grande a uno più piccolo, a ventitré anni aveva già partorito me. È stata felice? Credo che avrebbe voluto altro, come tante donne della sua età. Aveva una profonda intelligenza e la sensibilità delle cose sottili, e sì, sono certa che avrebbe voluto anche altro, ma non ha mai pronunciato le parole per dirlo, parole che senz'altro conosceva. Alla fine della sua breve vita aveva perduto anche quelle che aveva usato.

Facebook, ottobre 2023

"Il mondo è folle, permette la perdita dei poeti."

È uno dei tanti commenti che ho letto su Facebook sotto un post dedicato alla poetessa Alfonsina Storni, morta suicida il 25 ottobre del 1938. Nel post venivano ripresi i versi del suo congedo:

> Vado a dormire, mia nutrice, mettimi giù.
> Mettimi una luce al capo del letto
> una costellazione; quella che ti piace;
> tutte van bene; abbassala un pochino.
> [...] Ah, un incarico
> se lui chiama di nuovo per telefono
> digli che non insista, che sono uscita.

La gran parte dei commentatori si soffermava sui versi finali, nei quali Storni sembra dichiarare che va a morire per un amore terribile, forse non corrisposto. Sempre così: sono le donne che vanno in pezzi per amore fino alle estreme conseguenze, non si riesce a non immaginarle infrante se un uomo se ne va.

In realtà Alfonsina Storni – figura leggendaria in Argentina, figlia di emigrati dall'Europa, ragazza madre, militante socialista, maestra nelle campagne, poetessa, saggista, regista teatrale, "sono una donna del XX secolo", disse di sé – scelse l'oceano per la sua precoce sepoltura per ragioni che non sapremo mai: forse un cancro incurabile, forse altro, e comunque solo ipotesi, e a cosa servono? Per il suo saluto al mondo, scelse quel vasto mare in cui aveva immaginato ad attenderla una casa di cristallo, con una strada di madreperle e un grande pesce d'oro che alle cinque, ogni giorno, sarebbe andato a salutarla. È così che la immagino anch'io, in una casa scintillante, a comporre versi che affida al grande pesce d'oro che va a farle visita, perché li porti alle orecchie di chi sta per morire in mare, in ogni tempo, in ogni viaggio.

Tra i commenti sotto il post di Facebook, ce n'era uno che faceva riferimento al sentirsi fuori posto di Alfonsina Storni: "Dovremmo definirci le fuori-posto. Stiamo come fuori dal centro. Non ci inseriamo come si deve in nessun ambiente. Alcuni ci stanno stretti, altri larghi." In quel commento, Giuseppina scriveva: "Sono vicino a te, Alfonsina Storni, anch'io per tanto tempo mi sono sentita fuori posto. Senza radici. A vagare in cerca di un rifugio. Poi è accaduto un incontro miracoloso: alcune donne dal pensiero differente, un poco sciamane, dalla voce profonda che mi hanno indicato la cura al mio disagio. Si sta come si è, soggetti mutanti, in presenza, in relazione di fiducia. Per te, evidentemente non è stato possibile. E questo tuo giardino mancato addolora anche me."

C'è della poesia involontaria nella vita che porta avanti sé stessa, come intuitiva qualità di un corpo che a un certo punto si stacca dalle astrazioni, ricorda di essere parte di un tutto respirante e semplicemente respira.

Credevamo di essere salve, ha scritto Isabella, una mia ex compagna di scuola, in un nostro recente scambio di messaggi. E poi ha aggiunto: confesso che qualche volta ho pensato di farla finita, mi sembrava di non riuscire più a respirare. Di lei non avevo più notizie dai tempi della scuola. Sapevo solo che si era sposata con un coetaneo e avevano avuto una figlia. Che vivesse in casa del suocero, a cui doveva chiedere il permesso per tingersi i capelli e al marito i soldi per gli assorbenti, l'ho saputo da Maria, l'unica della classe con cui Isabella aveva mantenuto una sorta di familiarità e con cui ogni tanto si confidava, negli anni sempre più raramente. La casa del suocero ha una stalla annessa, e alla stalla erano preposti Isabella e suo marito: se volevano mangiare, dato che non potevano permettersi di andare altrove, dovevano sottostare, o questo o pietre. Una volta che Isabella non era dove doveva essere e la vacca stava per partorire, il suocero ordinò al figlio di portare la moglie immediatamente nella stalla, di trascinarla per i capelli se come al solito perdeva tempo davanti allo specchio a pettinarsi. Isa, dove cazzo sei?, gridava il marito, esasperato dal padre che a sua volta gridava Trovala! Portala subito qua! Sotto la doccia, al piano di sopra, andarono a prenderla in due, uniti nella rabbia.

Fu in seguito a questo, oppure a qualche altro episodio simile, che Isabella, dopo un migliaio di vite trascorse con gli occhi chiusi, cominciò ad aprirli. Raccolse quattro cose, prese la figlia e via lontano. Oggi fa la commessa in un negozio di giocattoli e ha un alloggio dignitoso, la figlia vive a Londra. In una foto postata su Facebook Isa ha una testa fulva vaporosissima, con striature bionde perfette. Il marito, che la forza di andarsene non l'ha mai avuta e nemmeno i soldi, è rimasto nella casa del padre, provato, due volte provato: per aver perso la moglie e, più ancora, dal rimprovero paterno per non essere riuscito a tenersela.

Un sogno a credito

Prendo a prestito da Gérard de Nerval una definizione di sogno, quella con cui si apre *Aurélia*, l'allucinato, spettacolare racconto d'amore e morte scritto negli ultimi anni di vita, quando la sua mente si trovava a volte talmente immersa nel sogno che intorno gridavano al matto. In realtà, come di lui ha scritto Alexandre Dumas, di tanto in tanto l'immaginazione, "la pazza di casa", scacciava la ragione e restava sola, onnipossente, in quel cervello nutrito di sogni e visioni.

"Il Sogno è una seconda vita," scrive Nerval, "è un sotterraneo vago che si schiarisce poco a poco [...] poi il quadro prende forma [...] e il mondo degli Spiriti si dischiude a noi."

Per quanto mi riguarda, capita che nel sogno altri sogni ritornino. Spesso faccio lo stesso sogno. Ci sono io, appena arrivata ad Atene, io che provo a comprare una pita con un pugno di dracme inutilizzabili, io travolta da passeggeri che dicono scusi scusi se la calpesto, no si figuri non mi ha fatto niente niente (in questo sogno alcune parole si ripetono). Ero io già la prima volta che lo sognai, ero tutte le donne da cui provenivo. Ero io, lo intuivo, e avevo intorno tutte le navi che non avrei preso. C'era una donna – mia madre, forse mia nonna, oppure una zia che avrebbe solo voluto liberarsi dell'ombra del padre e istruirsi, uscire, mettere una gonna corta senza per questo sentirsi colpevole –, una donna che mi veniva dietro dietro e diceva abbi infine pietà di noi, ma non dimenticarci mai mai. Ero al Pireo, ero nell'acqua, poi sulla terra, tra colonne spezzate. Ero tutte le donne da cui provenivo, le donne che non avevano più parlato. Ebbi, nel sogno, una pita a credito da una donna che aveva nel corpo la potenza immane dell'amore. Mangia, diceva, mangia mangia.

Roma, marzo 1983
(Giubileo straordinario)

Venute le sei di sera, Milo si posizionò sotto la finestra che da qualche giorno era il suo aggancio con il mondo, lui che nel mondo viveva se il mondo era la strada – ma da questo si era liberato, come dal tempo che non più lo assoggettava.

Ci si era trovato per caso, sotto quella finestra, e certamente era stato un caso rivedere Tito senza farsi vedere. Tito e la sua immancabile pipa, Tito e la pochette nel taschino della giacca, Tito che sembrava lo stesso di prima, un tacchino che rimane costantemente impettito anche se ha il bargiglio floscio. Era stato un caso se Milo lo aveva visto, dopo tutto quel tempo, dopo l'addio senza remissioni. E ancora per caso e senza farsi scoprire lo aveva seguito strada per strada, fin sotto casa. Caso per casa. La casa che Milo non aveva più. Per caso, ma uno di quei casi in fondo cercati, o meglio provocati dalle energie oscure che ci muovono, nel tentativo fesso di raddrizzare quel che resta del destino.

La finestra dell'appartamento di Tito, un primo piano senza balconi nel quartiere romano di Monte del Gallo, dava sulla strada, e attraverso l'anta che lasciava aperta per il ricambio dell'aria, satura di fumo, i suoni giungevano all'orecchio di Milo.

Pochi, in verità, e nessuna voce, a parte quella che dal televisore annunciava l'inizio del Giubileo straordinario.

Non si erano più visti dai giorni dell'incendio. Niente più serate insieme, lo spumantino, il jazz, le risate. Tutta la grandiosa solidità della loro amicizia incenerita in una lingua di fuoco: di colpo, niente più era stato vero. Ma lui non c'entrava con l'incendio, e Tito lo sapeva.

Sotto la finestra di Monte del Gallo, Milo poteva ancora sentire l'odore dell'amico, l'acre amalgama di fumo e colonia di buona qualità, spruzzata perfino tra i capelli ("i miei non sono semplici capelli, ma cashmere"), la fierezza di sé che non gli era mai mancata. A suo tempo, Tito amava la vita agiata che gli era stata assicurata dall'impiego in banca, il solido posto fisso ottenuto con il concorso riservato ai figli dei dipendenti, fossero anche uscieri, come nel caso del padre. Concorso interno con facilitazione. A tempo indeterminato, soleva gloriarsi, tredicesime e quattordicesime! A guardarla dal sotto in su, la finestrella che dava sulla strada manteneva ancora un tiepido alone di opulenza, un molle sentore di cose di pregio, anche se ormai avviate in rovina.

Bisogna aggiungere che un tempo, quando le economie di Tito si erano messe a tal punto bene da consentirgli l'acquisto dell'appartamento nel quartiere da cui, sebbene solo di striscio, si vedeva il cupolone di San Pietro; e poi, forte del lavoro stabile e della casa ben collocata, aveva chiesto e ottenuto la mano dell'unica figlia di un noto imprenditore del sistema fognario, la dolce soavissima Verdiana che già nel nome aveva la nota inusuale che faceva la differenza; e, insomma, date tutte queste belle cose, ecco che gli erano venuti anche i timori sull'invidia altrui, specialmente degli amici che ancora arrancavano tra incerti mestieri, brutte case affittate in regime di equo canone e donne di nome Cesira o Lella. Sicché, per gli opportuni scongiuri, si era dotato di corni di varie misure, i più occultabili se li faceva tintinnare nelle tasche ogniqualvolta uno di quei disperati andava a raccontargli le sue difficoltà. Milo, al riguardo, era il peggiore. Incline alla bevuta da sempre e in più, come se gli abbondassero i quattrini o l'intuito, con il vizietto di seguire le quotazioni in Borsa e puntare, l'idiota. Infatti perdeva, non faceva che perdere, una cilecca dietro l'altra. E prima ancora, il fallimento della banca in cui il beone aveva investito i risparmi che i suoi poveri genitori, dopo una vita di rinunce in favore del figlio, gli avevano consegnato il giorno del matrimonio con Lella. La quale, in aggiunta, aveva portato con sé una cospicua dote, e pure quella Milo aveva investito nella stessa banca, assieme al denaro delle buste regalo del matrimonio.

E comunque, per quanto si sforzasse, Tito non riusciva a capire come mai sua moglie trovasse piacevole la compagnia di quel nulla nella catena biologica, e quanto rideva alle sue battute, e che c'era da ridere di fronte a tanta inanità? Sicuro che c'entrava con l'incendio, non direttamente ma c'entrava, perché da quando sua moglie lo aveva conosciuto non era stata più lei, un bicchiere dietro l'altro, brinda oggi brinda domani... Verdiana c'era quasi rimasta secca nell'incendio, e la casa poi: tutta da rifare. La responsabilità era di Milo, poche storie! Perciò non si era fatto commuovere, quando tutto in lacrime gli aveva chiesto di scagionarlo perché lui quel giorno in casa sua non c'era stato. E poi, a dirla tutta, la loro cosiddetta amicizia non trovava corrispondenza in lui: erano cresciuti insieme, questo sì, ma costretti dalla volontà dei padri che andavano imponendo ai figli i figli dei loro sodali. No, il concorso in banca Milo non lo aveva nemmeno tentato, sebbene il padre guardiano in sede gli offrisse su un gran piatto lo stesso prerequisito che Tito invece aveva fatto fruttare. Ma Milo si era forse presentato il giorno della prova? No di certo. Non se l'era sentita di rubare il posto di lavoro a qualcuno che meritava di averlo. Odiava le raccomandazioni. Che pagliaccio! Meglio fare quello che poi era stato costretto a fare per campare? Meglio scavare buche in strada per poi metterci tombini?

Roma, febbraio 1987
(due mesi prima della scomparsa)

"Se il Tesoro si mettesse a riempire di biglietti di banca vecchie bottiglie e le sotterrasse a una profondità adatta in miniere di carbone abbandonate; se queste fossero poi riempite fino alla superficie con rifiuti di città e si lasciasse all'iniziativa privata, secondo i ben noti principi del lasciar fare, lo scavar fuori di nuovo i biglietti: non dovrebbe più esserci disoccupazione... Effettivamente sarebbe più sensato costruire case o simili: ma se per far ciò si incontrassero difficoltà politiche o pratiche, quanto sopra sarebbe comunque meglio di niente."

Citando dalle pagine di Keynes, andava spiegandolo così, il Professore, il suo fermo convincimento che la piena occupazione si potesse realizzare solo a condizione che lo Stato non restasse a guardare, dopo aver fissato le regole, ma intervenisse direttamente sul mercato, correggendo là dove era necessario. Lo spiegò anche a Milo, una delle volte in cui lo aveva raggiunto per strada – lo faceva spesso, dal giorno di Natale alla mensa dei poveri dove si erano conosciuti. E aggiungeva: "Potrebbe trovare un lavoro, mio buon amico, è ancora nel vigore dell'età."

In effetti Milo aveva poco più di quarant'anni, ma quanti invero se ne sentiva? Centinaia e centinaia, e tutti all'indietro.

No, la sua resa era definitiva. Alle spalle aveva tentativi andati male e porte chiuse in faccia. La moglie lo aveva lasciato all'indomani del crack della Banca privata italiana, in cui lui aveva investito tutti i loro risparmi. I genitori gli erano morti di crepacuore, a distanza di pochi mesi l'uno dall'altra. E lui, finché aveva potuto, era tornato a vivere nella casa in San Basilio che i suoi avevano affittato negli anni cinquanta, venuti via da Gessopalena. Aveva pure cercato di seguire la strada delle fogne che Tito gli aveva spianato, prima dell'incendio, grazie al buon cuore del venerabile suocero che illimpidiva gli alvei dei sotterranei come fosse la missione della vita. Ma poi il venerabile lo aveva ritenuto responsabile dell'incendio in cui l'adorata figlia Verdiana aveva rischiato la vita, e allora via, licenziato con decorrenza immediata. E lo aveva anche denunciato. In seguito, mesi e mesi ad aspettare che le cose si chiarissero, le spese legali, l'antica casa di Gessopalena venduta per quattro soldi, gli amici persi, cos'altro? Quando proprio non ci sperava più, la verità era emersa: l'appartamento di Tito aveva preso fuoco per una disattenzione, era stata Verdiana a confessarlo prima di lasciare il marito. Scagionato, dunque, ma a che prezzo? Non pensarci più. Guarda avanti. Avanti, sicuro, ma verso dove?

"No, professore," gli rispondeva. "Ho smesso di cercare. Dai giorni del Giubileo sono solo in attesa."

Roma, marzo 1983
(Giubileo straordinario)

Sotto la finestra di Tito, Milo scandì le parole intercettate nelle onde sonore che venivano dal televisore dell'amico: *Anno Santo*, *Giubileo*, l'*indulgenza plenaria* ai fedeli che si recavano a Roma... Prese un respiro lungo. Nemmeno oggi avrebbe bussato alla porta di Tito, domani forse, ma poi non è che avesse questo granché da dirgli: gli anni di lontananza erano diventati, sotto la sua finestra, nient'altro che la somma di errori che non valeva la pena ripercorrere. Mentre si allontanava, gli tornò identico il pensiero del giorno prima: malgrado tutto era ancora vivo, non la smetteva di vivere, sebbene non se ne facesse niente della vita.

Si mise a piovere mentre tornava da dove era venuto, un giaciglio di fortuna vicino a piazza San Pietro dove trascorreva le notti ormai da mesi. Quasi giunto al suo ricovero, si accorse che la piazza era stata cinta di transenne. Guardò più in là e vide che al centro era stato eretto un palco coperto, e su questo un leggio e una sedia. Vide il Papa di spalle salire a fatica le scale del palco, quindi mettersi al leggio, nessun rumore, la piazza vuota di fedeli, solo l'urlo dei gabbiani e la pioggia che ora cadeva più grossa. Tutta la magnificenza della Basilica e del Colonnato, tutta la monumentalità delle architetture e dei simboli che da millenni tentavano di dare consistenza al più grande racconto dell'Immaterialità, tutto in quegli istanti si stringeva intorno alla figura di un'ombra. Stava vedendo davvero quell'immagine o era un'ardita proiezione del suo più intimo desiderio di morire o, ancora, qualcosa che sarebbe accaduto in seguito, anni e anni più avanti, proprio in quella piazza, e che lui non avrebbe potuto vedere oppure sì, da morto, in un suo vagare sporadico nella città che non lo aveva mai accolto, che gli aveva prima dato e poi strappato il cappotto, come ad Akakij Akakievič in quel magnifico racconto di Gogol?

Il Papa si schiarì la voce: "Lo Spirito del Signore è sopra di me... Noi siamo qui raccolti per confessare con rinnovata fede, a nome dell'intera Chiesa italiana, che Cristo è il Messia annunciato dai profeti, consacrato dall'unzione dello Spirito di Dio, mandato nel mondo dal Padre per instaurare l'era nuova e definitiva della salvezza."

Milo si guardò intorno. A chi parlava se, a parte lui, non c'era nessuno nella piazza?

Il Papa continuò: "Noi riconosciamo che ogni uomo ha bisogno di essere salvato. Lo ammetta o non lo ammetta, ogni essere umano appartiene alla categoria dei poveri, dei ciechi e degli oppressi... Egli deve infatti fare i conti con la povertà radicale della sua condizione di creatura, stretta fra limiti di ogni sorta."

Non credeva alle sue orecchie. Il vecchio uomo intabarrato in un vestito bianco dava inizio, a quest'ora della sera, non a una semplice messa, ma a un rito sovrabbondante nella solennità, il cui destinatario era lui.

"Perché avete paura? Non avete ancora fede? Il Signore ci rivolge un appello alla fede, che non è tanto credere che Lui esista, ma fidarsi di Lui. Da questo Colonnato che abbraccia Roma e il mondo, scenda su di voi come un abbraccio consolante la benedizione di Dio."

Sì, il Papa si stava rivolgendo a lui e, se non si stava sbagliando, Dio gli era forse più vicino di quanto immaginava, quasi faccia a faccia, soccorrevole padre non più fatalmente separato dalle sue creature, per quanto indegne. Guardò poi il Crocifisso che era stato messo sul sagrato della Basilica, il Cristo di legno piangeva ora insieme a lui sotto la pioggia che continuava a cadere. E una voce fuori campo annunciò: "Il Santo Padre concede l'indulgenza plenaria a tutti coloro che in questo momento ricevono la benedizione eucaristica."

Milo si inginocchiò. Era più di quanto avesse sperato. Aveva un bel mucchio di peccati da scontare in anni e anni di Purgatorio, ma ora Dio in un soffio riparatore glieli rimetteva. Della morte temeva soprattutto la prima notte, se avesse dovuto trascorrerla al gelo nella più cupa delle solitudini, ignorando la destinazione. Ora però gli era stato offerto il Paradiso, come al ladrone al fianco di Cristo; gli si inumidirono gli occhi, non aveva mai avuto niente di così grande e gratuito nella vita. Ringraziò Dio per la sua gentilezza e lentamente si allontanò dalla piazza.

Deserti

In un brano di *Deserte visioni*, Milan Nápravník scrive: "Non gli resta che andar via, poiché non può più vivere in luoghi che hanno perso la capacità di accogliere miracoli, in luoghi di storie sacre del passato ormai profanate. Non sa dove andare. Probabilmente da qualche parte dove non c'è nulla di cui l'avidità possa profittare. Da qualche parte, dove oltre le rocche brulle e gli arbusti aridi, oltre la siccità e al silenzio, al caldo e al freddo non c'è e non cresce nient'altro che il muschio rozzo, il cui raccolto non conviene nemmeno al profumiere più scaltro. È evidente la necessità di allontanarsi da se stessi costantemente e, giorno dopo giorno, dirigersi verso luoghi desolati e sconosciuti, dove, in nessuna circostanza, è possibile costruire vasti, resistenti e praticabili percorsi di monotona avidità."

Milan Nápravník è stato uno scrittore, poeta, fotografo, saggista, pittore. È stato, soprattutto, un testimone del suo tempo, il Novecento per intero, raccontato poi attraverso una moltitudine di linguaggi, e sempre dando conto della frammentarietà della realtà, dei mille pezzi in cui si è frantumato quel divenire della storia. *Deserte visioni* racchiude tutto quel mondo, reso con prose brevi e sconnesse, senza linearità di eventi, senza un ordine che non sia il caso e in assenza di un principio logico, come si può dire del secolo di cui Nápravník si fa portavoce. Temi e stili del romanzo tradizionale vengono da lui progressivamente decostruiti, e, in una lettera al suo traduttore, di sé ammette: "[L'autore] Intende scrivere alcune note sulla vita, che non siano collegate a nessun tipo di concomitanza, pur se insignificante. Non vuole creare invano l'illusione di una sequenza logica di eventi, come cercano di fare da quasi due secoli i romanzieri, i quali credono irremovibilmente [...] in un tipo di causalità naturale dei fenomeni del mondo."

Roma, ottobre 1985
(un anno e mezzo prima della scomparsa)

Otto, che aiutò il Professore a preparare il suo dissolvimento senza un fiato, nella più tenace consegna del silenzio, era nato nel 1967 in un paesino del Sud, di cui però ora non è importante dire il nome. Si trattava comunque di uno di quei luoghi, scordati da Dio e dagli uomini, in cui si dice *strafuogo* per indicare il cibo che si porta in tavola con un avvertimento implicito, per cui siedi e ti appresti a mangiare con il presentimento delle cose che possono andare di traverso – *strafogarsi* –, e quando alla fine del pasto ti accorgi di essere vivo e ti alzi da tavola prendi un respiro e pensi che è andata bene anche stavolta. E si dice *puozzi murì acciso* per augurare più fortuna a chi è ritenuto migliore di altri, come per dire che solo uccidendolo lo si potrà fermare – d'altronde (e chissà se c'entra) *Quanto è bello lu murire acciso* è il titolo di una canzone popolare rielaborata da Roberto De Simone, che nel 1975 divenne il titolo di un film diretto da Ennio Lorenzini.

Ma torniamo a Otto. Il giovane era figlio di un impiegato del ministero dell'Economia e delle Finanze che dal lunedì al venerdì risiedeva a Roma per poter svolgere il suo lavoro, ma il venerdì sera, anche se era in corso una tempesta o le strade franavano, tornava al paese dalla moglie, maestra nella locale scuola elementare; da Otto, che per frequentare il liceo saliva sull'unico autobus che passava per il paese alle 6,45 del mattino e vi restava per un'ora di curve; e dagli anziani genitori, che dopo il terremoto dell'80 si erano dovuti spostare in un'altra casa, ma grazie ai fondi erogati al Meridione avevano potuto allargarla di due stanze così da stare tutti insieme. Il nonno di Otto, che inevitabilmente si chiamava Otto, cioè Ottiero, era nato intorno agli anni venti, e in seguito all'accordo italo-belga del 1946 fu preso a lavorare in una miniera di carbone della Vallonia, con migliaia di altri italiani, in cambio di congrue forniture di combustibile all'Italia. L'incendio scoppiato nella miniera del Bois du Cazier di Marcinelle, che costò la vita a duecentosessantadue minatori tra cui centotrentasei italiani, lo persuase che era meglio mangiare pane e cipolle o niente al suo paese piuttosto che morire bruciato in un paese straniero. Così, silenziosamente, se ne tornò a casa.

Il padre di Otto, grato ai suoi per quello che avevano potuto offrirgli con tanto sacrificio – un vestito buono all'anno, due pasti al giorno, soldi pochi ma mai negati –, era riuscito a frequentare la scuola, e se avesse potuto avrebbe continuato a studiare: economia, per esempio, dato che era portato, diceva, per la gestione delle risorse scarse. Primo nella sua famiglia ad aver ottenuto il diploma (da ragioniere, e il rammarico di non aver potuto frequentare il liceo lo avvilì a lungo, ma i suoi figli ci sarebbero andati al liceo, e lui avrebbe lavorato anche per questo), dopo un paio di esperienze di lavoro a rodaggio si preparò per i concorsi pubblici e vinse quello al ministero. Quando suo figlio superò con il massimo dei voti l'esame di maturità – ma lui preferiva chiamarlo *esame di Stato*, giacché la definizione conteneva già quel riconoscimento pubblico che segnava il passaggio all'età adulta, oltre a conferirgli una certa solennità –, la strada che avrebbe dovuto percorrere era chiarissima: iscriversi alla facoltà di Economia a Roma, città in cui lui lavorava e aveva amici. E Otto acconsentì, per non scontentare questo padre tanto entusiasta della vita, pur non provando alcun interesse per le questioni che si apprestava a studiare. Si iscrisse a Economia e prese in affitto una stanza, in condivisione con un ragazzo di un paese vicino al suo con il quale poteva parlare in dialetto; e poi mangiavano insieme le buone cose che le madri preparavano e conservavano per loro nei contenitori Tupperware.

Otto odiava l'economia, però gli avevano detto di un professore ormai in pensione, un economista un tempo acclamato che continuava a farsi vedere in facoltà e a offrire consigli agli allievi. Si conobbero una mattina di ottobre del 1985, ma non parlarono mai di politica economica. Parlavano di letteratura. Il primo libro che il Professore gli consigliò fu *L'ombra del padre* di Jan Dobraczyński, il romanzo sulla figura di Giuseppe, posto improvvisamente di fronte all'imprevedibile chiamata di Dio: "Adesso so che cosa mi hai ordinato di attendere. Chi mai sono io, per osare ribellarmi? Poiché Tu esigi che io abbia una moglie che non sarà mia moglie, e un figlio per il quale dovrò essere padre, anche se padre non sono, che accada conformemente alla Tua volontà, che sia come tu vuoi. Sostienimi, se la mia intelligenza e la mia volontà si indeboliranno. Accogli la mia decisione oggi, che mi hai donato la forza. In faccia al giorno che schiariva si erse come Giosuè alle soglie della Terra Promessa e come quello mormorò l'antica preghiera: – Accolgo il peso del Tuo Regno, Signore nostro..."

A pochi mesi dalla scomparsa del Professore, Otto andò allo scontro con il padre, gli si oppose fermamente e prese la sua strada, e non era mai successo prima. Sappiamo che il 28 luglio 1987, intorno alle sette del mattino, una frana si staccò dal monte Zandilla, in provincia di Sondrio. Quaranta milioni di metri cubi di roccia e terra rotolarono a valle a trecentosessanta chilometri all'ora. Cominciò il giorno più buio per la Valtellina, dieci giorni di alluvioni, frane, smottamenti e pioggia incessante, e morti e paesi distrutti e ancora morti sepolti dal fango, morti dispersi, e gli sfollati, tanti, tantissimi. Otto decise, insieme ad altri, di salire verso quei luoghi che avevamo bisogno di braccia per spalare il fango, di mani per recuperare quanto era possibile recuperare. Suo padre non era d'accordo.

"Ben gli sta," disse. "Nei giorni del nostro terremoto, in alt'Italia festeggiavano, dicevano 'da Roma in giù tutti morti!', così dicevano, e ora tu, cretino, che aiuto devi andare a portare?"

"Li hai sentiti con le tue orecchie che lo dicevano?"

"No, ma che c'entra? Si sa."

"Si sa pure che quando bisogna andare si va. Perciò io vado."

In effetti il ragazzo ci andò, in alt'Italia, e non tornò prima della fine dell'estate. Il padre, una statua: disposta la faccia in un esplicito rancore, non lo salutò nemmeno 'sto figlio che gli si era opposto in maniera troppo scostumata, troppo. In seguito Otto riprese gli studi di Economia, ma non li portò a termine, con ulteriore inasprimento del malumore paterno. Superati i trent'anni, dopo una serie di lavori temporanei rimediati in via interinale, si fece assumere da un'agenzia di viaggi specializzata in *business travel*, di cui gli importava veramente poco. Si iscrisse, per compensare, alla facoltà di Lettere e Filosofia, e riuscì a laurearsi. Non è mai più tornato a vivere al suo paese d'origine. È stato uno dei tanti che hanno abbandonato i paesi, uno spopolato tra spopolati.

Spopolati

Il paese in cui Otto era nato potrebbe essere Romagnano al Monte, al confine fra Campania e Basilicata, avamposto di un'Italia remota e dimenticata: la nostra faccia nascosta, perlopiù in rovina. La storia del paese si fermò la sera del 23 novembre 1980, quando fra montagna e montagna si levarono i boati del terremoto. A Romagnano al Monte nessuno morì, ma nessuno poté restare. Gli abitanti dovettero trasferirsi a valle, lì dove oggi sorge Romagnano Nuova. Da quel momento non fu più possibile mettere ordine in niente, e un po' alla volta la memoria è divenuta un occhio di rancore fra il prima e il dopo, uno sguardo prensile dal paese nuovo al vecchio.

Un mazzetto di spighe di grano e rose, lasciato sull'altare della chiesa abbandonata, è l'immagine che più di altre ho trattenuto del mio più recente viaggio a Romagnano, nella primavera del 2018. Nel giro fra le case abbandonate mi accompagna Mario, che nell'80 aveva diciassette anni. Ha appena finito la semina nel suo campo e ha un po' di tempo libero. Gli chiedo cosa ricorda di allora. Tutto, risponde, i luoghi di ritrovo con gli amici, la vita semplice, le case aperte per chi passava. Si stava bene? Qualcuno dice meglio, qualcuno era povero più degli altri, qualcuno teneva gli animali in casa perché non aveva un ovile. Subito si fanno avanti i fotogrammi di una visione strana, evocabile. Le forme ormai proscritte delle case parlano di un passato che non è passato più: collane di peperoni appese al soffitto; cucine in cui si è appena mangiato, con i camini anneriti dal fumo che nelle sere di venti imbrogliati tornava indietro e riempiva le stanze. A guardarle dall'alto, queste case sembrano tante ombre versate su una roccia. Intorno, i valichi campani e lucani, montagne e montagne a perdita d'occhio; poi il vallone del torrente Platano e la statale a strapiombo nel vuoto. Mario si sofferma sui piccoli forni a legna all'interno di qualche casa e, poco più in là, c'è una pietra di mulino, ferma da trentotto anni. Attraverso gli scuri dischiusi di un balcone si intravedono le piante cresciute all'interno della casa: fuori c'è il paese; dentro, indomita, la campagna.

Romagnano Nuova, nata dal terremoto, ha meno di quattrocento abitanti. Il sindaco terminerà a breve il suo mandato e non si ricandiderà, non ce la fa perché, dice, deve occuparsi di tutto, dalla ragioneria all'anagrafe. E a proposito di anagrafe, sottolinea che nel 2016 i decessi hanno superato le nascite. Bisognerebbe che i pochi giovani del paese restassero con l'intenzione di restare, dice, e che ne venissero altri da fuori. Bisognerebbe far conoscere questo borgo dove l'aria è purissima, il cibo è buono, a cominciare dall'olio; qui si vive con lentezza, senza prestare attenzione alle lancette dell'orologio. Ma i pochi giovani rimasti vorrebbero andarsene. Dove?, chiedo a uno di loro impegnato nel servizio civile. In alt'Italia, risponde.

Questi muri parlano – sussurra Mario alla fine del nostro giro, e un po' gli si rompe la voce –, non è morta Romagnano al Monte.

Anche io dai miei luoghi sono andata via. Un giorno salutai le montagne, le gore, le grotte dallo spiazzo in cui si prendeva il Mansi Petina, l'autobus che era un ponte con il resto del mondo. D'un tratto, con una fretta sconsiderata, mi avviai verso un posto qualunque che avesse il mare e il cielo azzurro per definizione. Non tornerò più, dissi fra me, mentre nell'autobus mi allontanavo dal buio di quegli inverni precoci. Non tornerò indietro, ripetevo senza esitazione. Sono tornata tante volte. Continuo a tornare, soprattutto per sentire di nuovo le parole che sembrano venire su dalla terra. *Polvere* è il *nome di piuma* con cui mio padre chiama il mio gatto. *Cerevino* è il nome con cui viene chiamato il cane del vicino. Continuo a tornare nella mia terra senza redenzione, a cacciarvi i miei demoni, che tanto nessuno ci fa caso. Torno, prendo e di nuovo vado via, come si è sempre fatto: vado a sentirmi salvata altrove. Eppure, non c'è nessun altro posto al mondo dove chiederei di poter rinascere.

Abbandonologia

Tempo fa, sono riuscita non senza sforzo a mettere per iscritto la mia personale visione dei luoghi in abbandono, oggi potrei dire luoghi decreati. Prima di allora, per quante volte avessi tentato di raccogliere e dare un ordine a quelle congetture, congetture talvolta anche audaci su deserte visioni, mi ritrovavo perlopiù al punto di partenza, con un considerevole scarto tra la parola pensata e quella scritta. Era come muoversi su un lastricato incerto: come può la parola scritta – dunque leggibile, visibile, riproducibile – dare conto di una dimensione totalmente immateriale?

Poi ho scritto il brano che segue, a cui il quotidiano che lo pubblicò diede un titolo che per certi versi si adatta a questa storia. Il titolo era *Scomparire, la più grande paura*:

> Vogliono dirci qualcosa, i luoghi al crepuscolo. Qualcosa che ci riguarda. Ci sussurrano di non indagare il tempo che ci resta davanti, rispetto al quale cosa potremmo? Suggeriscono di evitare l'amnesia del presente, riempito furiosamente del nuovo che non ha il tempo di trasformarsi in esperienza. Vogliono dirci di indagare i nostri ricordi addormentati, il passato, con i suoi molti inverni. Il più grande di tutti i

problemi collettivi, diceva James Hillman, è la soppressione dei morti. Non udire le voci della storia. Non udire ciò che abbiamo perduto. È la paura dei morti, della morte, la paura tipica della nostra cultura. Questo spiega il carattere aggressivo e suicida degli attacchi alle rovine, una frenesia che è tanto più distruttiva quanto più è evidente la loro vitalità, la fascinazione che esse esercitano su di noi. Distruggerle è uccidere i morti, perché dal sottomondo in cui sono confinati smettano di far rumore. Non c'è un palmo di terra che calpestiamo che non nasconda un frammento umano, un osso. Non c'è casa in cui entriamo che non contenga una traccia, un'energia residua. Voci inascoltate, talvolta inaudite. Voci che circolano nel vuoto e nell'assenza vivono.

Nelle forme che vanno morendo non è facile dire quale sia il principio e quale la fine, ma come un monte che non finisce alla sommità e continua più in là, più oltre nel suo silenzio, nessun paese muore, nessun luogo muore. È una condizione soggetta al divenire, è una teoria di spacchi lacerazioni deformità, ma quanta vita nascosta in quella debolezza? Nelle notti in cui si consumano gli addii, ogni casa abbandonata è un riparo. Case in cui tanto è accaduto, ma niente di così insopportabile come l'abbandono da cui vengo io, da cui vieni tu. L'abbandono livella i destini: rovine e ruderi si assomigliano nel colore e nelle crepe; si assomigliano, poi anche, nelle infestazioni della natura. Quel che resta della cattedrale di Ani, in Turchia, non somiglia poi forse a una minuscola chiesa campestre sarda?

Toccati da una luce premoderna, in disfazione, i paesi erosi sembrano somigliarsi. E le case erose sembrano somigliarsi.

Guardatele: seppure desolate, sono iniettate di speranza e fiducia, povere di tutto, ma costruite per sopravvivere a chi le ha abitate. Residui in pietra, trame di ruggine licheni e polvere, questi resti che vanno a marcire sono sempre l'indizio di una storia che si è consumata altrove. E anzi: come resti su una tavola a cui ieri eravamo seduti e, a seconda delle pance, abbiamo bevuto e mangiato, dicono di noi, talvolta in modo insostenibile. Non siamo forse quel che di noi ritroviamo? E dicono anche di quelli che al banchetto non erano invitati, e stavano di lato e guardavano.

Se li frughiamo con uno sguardo che non è solo esercizio retinico, sospendendo il pigro dire "avanzi morti", potremmo da questi addirittura essere decifrati. Giro in silenzio attorno al rudere. Sono io. Io che porto in me ferite, lutti, un senso di infinita perdita. Io che invecchio e ne ho i segni sul viso. Io che vacillo e perdo un pezzo, poi un altro. Io alla secca di tutte le sopportazioni. Io sopravvissuta ai miei abissi. Sono io quel rudere. E guarda: resto in piedi, che sia notte o l'alba limpida.

Sembra tutto già noto e invece non conosciamo più niente, e ignoriamo luoghi che non fanno notizia se non quando uno squarcio della terra, un suo movimento tragico, non ne rilevi l'esistenza. Eppure sono a un passo, lì alla svolta delle nostre solite rotte. Un passo dagli esiti imprevedibili anche per chi ci vive vicino e non sa quanto si nasconde e vive alle sue spalle. Se solo ci voltassimo ogni tanto. La scoperta di questi luoghi dimenticati, perduti all'immaginario, potrebbe portare conforto al senso di perdita che ci caratterizza. Luoghi in sottrazione che ci insegnano quanto l'imperfezio-

ne ci avvicini al cuore più autentico delle nostre vite, vite costrette a somigliare a modelli che non ci corrispondono, gelate e illusorie immagini di trionfi, corpi perfetti come l'armatura di Atena, ma umano è fallire, cadere in brandelli e ricominciare; umano è sentire la paura, immalinconirsi e non doversene vergognare.
C'è modo e modo di guardare a ciò che resta quando il compito si è esaurito. Nell'inutile, così felicemente utile alla nostra vita come l'arte, siamo all'imminenza di una rivelazione, che potrebbe anche non prodursi. Quando le cose smettono di essere oggetti, cominciano a brulicare di vita clandestina, non più esposta. Di solito tanto silenziosi, smettono questa condizione taciturna e spoglia quando ci disponiamo ad ascoltare. Sotto felci, muschi e ruggine, vogliono dirci qualcosa. In quello spazio liminare ci sopravvivranno, raccontando a chi andrà a domandare. Bisognerebbe averne cura, anche solo per ciò che potrebbero dire.

Gessopalena, 17 aprile 1987

Mia cara Adolphine,

è l'alba del 17 aprile, ma fa talmente freddo che nulla sembra muoversi. Lo interpreto come un buon segno.

La scorsa notte ho dormito in una delle case vuote di questo luogo silenzioso, assieme al buon Milo. Quando termineranno le celebrazioni pasquali – oggi, dal tardo pomeriggio, è prevista una rappresentazione quasi teatrale della Via Crucis, con attori che saliranno dal paese abitato simulando le stazioni della Passione di Cristo –, da domani, dicevo, quando non correrò più il pericolo che qualcuno dal paese salga quassù e Milo avrà ripreso la sua strada, mi trasferirò nella casa in cui Otto ha fatto arrivare quanto necessario.

Di sicuro c'è che farò silenzio, ma è probabile che io mi stia ingannando, certi silenzi sono destinati a un rumore ben peggiore di quello che vorrebbero coprire. Ne diranno tante, e tutte sbagliate. Mi attribuiranno nessi di senso che non ho nemmeno mai pensato. C'è qualcosa di profondamente violento nel distorcere le parole altrui fino a farne altro, fino a cancellarle, come faceva quell'imperatore cinese che ogni mattina, appena alzato, decideva di cancellarne una, poi mandava per l'impero le sue guardie a scovare e giustiziare quelli che ancora usavano le parole proibite.

Si fa silenzio in vari modi. Il modo dei morti, che parleranno in seguito. Il modo dei vivi, che hanno chiuso prima del tempo la parabola della vita. Il silenzio degli amanti, a cui non occorre altro. Il silenzio di Milo, per tanta ingiustizia, e mai che gli abbia visto puntare il dito contro qualcuno. Gli ho visto, invece, quel suo mite cercare conforto in un giardino inselvatichito, tra i rovi dove maggiormente sente la vicinanza di Dio. Ho capito ora la ragione per cui ha voluto che lo seguissi tra gli sterpi prima di partire per queste mete; che passassi una notte senz'altra compagnia che le voci e le presenze che vivono nell'assenza: a suo modo, mi ha addestrato a quello che avrei trovato qui. Io dunque abbraccio la via del segreto, in questa geologia del silenzio tra le pietre. Un fruscio, un crepitio, e sarà tutto.

Giorni fa ho riso rileggendo in uno scritto che parla di te (li ho portati tutti con me) il commento di un tuo amico riguardo ai giorni della permanenza ad Harlem, quando te ne andavi a sentire messa nella chiesa battista del quartiere dove, all'infuori di te, non vi era un solo bianco, e parlavi alle ragazze, le invitavi a casa tua. Se fossi rimasta a New York, anche io come il tuo amico credo che ti saresti fatta negra! Sono ammirato, sempre di più, dai modi in cui per tutta la vita sei riuscita a incarnare nelle vicende del mondo la compassione che caratterizza la tua interiorità. Non ti è stato possibile rimanere estranea alle sventure degli altri, operai alla pressa, prostitute in prigione, combattenti al fronte… Non è stato possibile neanche per me, per tutto il tempo in cui sono rimasto nella mia vita.

Ti racconto una cosa. Nel dicembre 1940 fui richiamato alle armi, malgrado la mia modesta statura per la quale avrei potuto essere riformato. Frequentai un corso per ufficiali e fui inviato in zona di guerra, ma impiegato in mansioni sedentarie, dato che il fucile per poco non mi superava in lunghezza. Tuttavia fu una scelta volontaria, una scelta fatta prima del 1940: di fronte alla possibilità di farmi esentare per inabilità definitiva al servizio militare, insistetti perché mi dichiarassero "rivedibile" in una qualche visita successiva: non potevo sopportare che altri partissero soldati, amici o coetanei sconosciuti, e io rimanessi al sicuro. Volevo mescolarmi a loro e per quanto possibile aiutarli, secondo le mie capacità. Avevo allora in mente l'esperienza di Ernesto Rossi, che in economia ebbe idee opposte alle mie (aveva letto il pensiero di Keynes in una delle celle delle patrie galere in cui era stato rinchiuso e, in totale opposizione a quanto io invece vi abbia aderito, se ne fece avversatore), ma gli devo un'idea di Europa libera e soprattutto in pace. Bene. Allo scoppio della prima guerra mondiale Ernesto, diciottenne, decise di arruolarsi, spinto anche dalle pressioni del fratello Mario e degli amici già al fronte, pronti a combattere nell'illusione che quell'"ultima guerra" servisse alla liberazione dei popoli oppressi. Non gli ci volle poi tanto per rendersi conto, come poi avrebbe scritto nel suo epistolario, che le "filofesserie patriottiche" portavano giovanissimi soldati a morire come "poveri fantaccini", sguarniti di tutto e maltrattati da ufficiali di insensata prepotenza. In quella realtà fatta di fango, dissenteria, parassiti e morte, capì che qualcosa andava fatto. Decise di insegnare a leggere e a scrivere ai soldati analfabeti, durante l'ora di "morale militare".

Io sono nato allo scoppio della Grande Guerra e ho sentito sulla mia pelle il peso mortale di quella successiva. Nel 1943 vivevo già a Roma e il giorno stesso in cui mi rifiutai di unirmi ai repubblichini entrai in clandestinità. Ma non mi sento un eroe per aver scelto di stare da una parte e non dall'altra. Voglio dire, il mio antifascismo non era plateale, era piuttosto il naturale formarsi della mia personalità. Per un soffio, dico davvero un soffio, scampai al rastrellamento nazista di via Rasella, vivevo da quelle parti e miracolosamente tardai a rincasare. Uno di quei ritardi provvidenziali in cui si rivela il destino e, mi pare di ricordare, andò così anche a Paul Celan, il quale si salvò ma per modo di dire. Era ancora giovane e, forse trattenuto dai baci di una ragazza (voglio pensare così), riuscì a sfuggire a una retata dei nazisti nel suo quartiere. La sua, però, fu una salvezza compromessa. Da quel giorno, infatti, non rivide più i genitori, catturati e deportati in un campo di concentramento dove morirono e, come forse sai, dalla colpa del sopravvissuto, la colpa del "rimanente", non si riprese mai. Mi sono avvicinato a questo poeta per la sua *parola silenzio*, una parola vinta in partenza, annientata, ma che ha ancora la forza di ricondurci alle spoglie di una lingua che, se non può dire, fa. È la lingua che compie un'azione. Perciò scrivo, in questa condizione di vulnerabilità volontaria a cui mi sto consegnando, scrivo senza sosta a te come se compissi un puro gesto. Queste lettere si fanno testimoni di qualcosa che c'è perché non c'è più.

Ora ho bisogno di riposare, sono così stanco, ma tornerò presto a scriverti, intanto ricevi il mio bene.

Sempre tuo

Tra Napoli e Postiglione, marzo 2022

Mio padre ha imparato a mandare messaggi con le foto della neve in paese e aspetta mie risposte, cose tipo *meraviglia*, *splendore*, *invidia*, *fatti il sorbetto*. Ma io taccio.

Rimanda la foto e aspetta.

Ne manda un'altra, con didascalia: "Sotto la neve, pane; preparo la semina."

Rispondo: "Hai visto che sta succedendo in Ucraina? Tu pensi alla semina… Quella donna e i suoi bambini, con gli zaini, hai visto? Stavano fuggendo."

Resta in silenzio qualche minuto, poi manda un'altra foto della terra coperta di neve. "Alla semina dobbiamo pensare," aggiunge, "è l'unico modo."

È un uomo del fare, è sempre stato così. Malgrado le mie puntualizzazioni, tutte teoriche, su questo o su quello, ha ospitato in casa una famiglia ucraina per diversi mesi, e qualunque cosa accada, anno dopo anno, lui prepara la semina. D'altronde, ho letto che i contadini ucraini hanno fatto lo stesso: c'è la guerra, ma devono comunque fare la semina.

La sua generazione era quella della crescita, la mia è quella della decrescita non volontaria, obbligatoria. La guerra. Un'altra di quelle questioni che la generazione X – un'incognita messa su di noi – non avrebbe più dovuto affrontare: questa era la promessa fatta a noi figli dei figli dei fiori, noi venuti al mondo con i cannoni che sparavano rose e girasoli, generati e creati della stessa sostanza dei padri i quali, sotto i trent'anni, sono entrati nel salone di un barbiere e ne sono usciti con i capelli in ordine e senza più barba, pronti a dare inizio alla vita disciplinata, efficiente e interamente dedita al lavoro.

Come è noto, abbiamo dovuto smettere presto di prendere il latte, dato che una considerevole nube radioattiva, sfuggita al reattore numero 4 della centrale di Chernobyl il 26 aprile 1986, avvelenò i pascoli, le acque, l'aria. Ricordo ancora il latte in polvere preso in farmacia, sembrava farina e ce lo davano con il misurino, costava parecchio; e poi la lattuga e gli spinaci (che contenevano ferro, e a me serviva, salvo scoprire, anni dopo, che non ne contengono più di altre ortaglie) che non si potevano più mangiare, ma per quella privazione non ricordo di essermi addolorata. E prima ancora di Chernobyl, il 10 luglio 1976 un fronte tossico di diossina si era sprigionato da Seveso, in Brianza. Una decina di anni dopo, in un sussidiario delle medie, lessi di tanti bambini brianzoli con le cicatrici sul volto. E c'è anche altro che ha segnato la mia generazione allo stato nascente. Il 2 agosto 1990 il rais iracheno Saddam Hussein invase il vicino Kuwait per i suoi pozzi di petrolio. Guardavamo la guerra in televisione, era lo spettacolo della morte degli altri che contendeva lo spazio ai programmi d'intrattenimento. Mesi dopo entrammo in familiarità con il volto tumefatto del capitano Cocciolone, catturato e tenuto in ostaggio assieme al maggiore Bellini: i telegiornali mandavano in onda le immagini dei prigionieri esposti alla TV irachena e l'interrogatorio del capitano: "My name is Maurizio Cocciolone..." Infuriavano intanto i venti di guerra nei Balcani, e la fotografia della ragazza che corre scattata da Mario Boccia il 30 settembre del 1993, in un giorno qualsiasi di bombardamenti e tiri di cecchini nella Sarajevo assediata da diciassette mesi, ha rappresentato il mio incontro con la fotografia documentale: nessun sorriso forzato, nessuna posa, nessun ricordo da conservare nella scatola dei biscotti, solo la vita che disperatamente cerca un riparo, gli occhi volti a una possibile via di fuga, corri ragazza, corri dentro il maxipull largo e morbido come li portavamo allora, corri dentro gli stivali alti fin sopra il ginocchio.

Che la guerra fosse qualcosa di insensato, oltre che crudele, cominciai a pensarlo già allora, sebbene mi apparisse nella misura di una soap opera a orari fissi e, spento il televisore, se ne parlava eventualmente domani. Quella convinzione si è poi radicata a tal punto in me, negli anni, da divenire contraddittoria nella sua affermazione: con violenza gridavo il mio no alla violenza. No alla guerra. No al dominio dell'uomo sull'uomo. No allo sfruttamento delle risorse naturali. No al potere delle banche. No alle armi e agli scranni dei potenti. Ero a Genova nel 2001 e i segni di quelle giornate li ho ancora, in forma di cicatrici più o meno evidenti sulla rotula sinistra e all'attaccatura del braccio, sempre a sinistra.

Oggi penso che il miglior documento sull'insensatezza della guerra sia un libro di narrativa. *Il segno rosso del coraggio*, di Stephen Crane, uscì nel 1895 in America. Henry Fleming – il giovane soldato protagonista del romanzo – intuisce ancora prima di saperlo che il solo senso che può avere la guerra è uccidere e farsi uccidere. Lo vediamo fermo sulla sponda di un fiume, in attesa di prendere parte alla battaglia contro l'esercito ribelle. "Così alla fine stavano per combattere!" Di fronte a questa inaspettata evenienza, di fronte all'imminenza della propria fine, Henry comincia a vacillare. Fuggire. Può farlo: non è venuto al mondo per morire impallinato. Ma poi? Che figura agli occhi degli altri. È l'angoscia di ciascun soldato mandato al fronte, l'angoscia di ogni uomo costretto a scendere a patti non solo con la propria morte, ma con la più ridicola e letale delle invenzioni umane: la morte indotta dalle ragioni di una patria la cui terra poi abiterà da sotto, magari senza nemmeno aver bevuto prima un goccio di liquore, e bestemmie, pochissime.

Gessopalena, 17 aprile 1987
(terzo giorno dalla scomparsa)

"Beati i perseguitati a causa della giustizia, perché di essi è il regno dei cieli. Beati voi quando vi insulteranno, vi perseguiteranno e, mentendo, diranno ogni sorta di male contro di voi per causa mia. Rallegratevi ed esultate, perché grande è la vostra ricompensa nei cieli."

Trafelato per aver fatto di corsa il tragitto dai ruderi fino al centro del paese abitato, in ritardo rispetto all'inizio delle celebrazioni, Milo si posizionò sotto il sagrato della chiesa, dove un attore in tutto somigliante al Cristo iconografico stava ripetendo alla folla, raccolta in silenzio, le sue promesse. Si era perso la parte delle Beatitudini che preferiva e che solo nella rappresentazione di Gessopalena era stata inserita nel copione, quella in cui Gesù promette ai puri di cuore che vedranno Dio; era la promessa a cui più teneva: vedere finalmente Dio, cioè ritrovarsi finalmente crepato ma senza averlo causato, dato che col cazzo sarebbe salito in Paradiso se si fosse ucciso, stando a quanto dicevano i preti che aveva interpellato. No no no, il pensiero di ritrovarsi punito anche dopo la fine gli era insostenibile, più ancora della vita che non la finiva di affliggerlo. Certo, non sapeva definire la purezza del cuore, né poteva giurare che il suo fosse puro come richiesto, ma aveva smesso da tempo di provare sentimenti di odio o rabbia o qualsivoglia turbamento, e aveva anche cominciato a insordire e a parlare meno possibile.

Eccolo quindi di nuovo in posizione, pronto a seguire le quattordici stazioni del Figlio dell'uomo nella salita fino al punto più doloroso della sua solitudine. In quel momento forse Cristo aveva pianto senza darlo a vedere, come tante volte fanno gli uomini. Aveva pianto perché era solo, Milo ne era convinto, ma aveva trovato in uno dei due ladroni crocifissi con lui un buon amico, che non lo aveva lasciato del tutto solo a quelle altezze. Un malfattore, chi lo avrebbe detto? Mentre uno retto come Giuda lo aveva tradito con un bacio. E Milo conosceva quel senso di sofferenza ostruttiva che viene in tutto il corpo quando un amico ti vende.

La prima notte a Gessopalena era passata tranquillamente, il Professore non era un chiacchierone e la casa in cui si erano sistemati alla meglio aveva un che di confortevole, anche in assenza di porte. Era dotata, tra l'altro, di luce elettrica, essendo posta nella parte del colle in cui si metteva in scena la crocifissione e dove, pertanto, l'elettricità era stata portata per facilitare le cose.

Che splendido tumulto aveva sentito in sé prima dell'alba. Provava conforto nel tornare ai luoghi dove per la prima volta, da ragazzo, aveva visto un uomo salire alle rovine con una croce addosso, cadere tre volte e rialzarsi, per poi spirare su quella stessa croce. Nei suoi ricordi lui aveva una ventina d'anni, il volto quasi completamente ricoperto dai capelli biondi che per qualche tempo aveva tenuti lunghi. Fino a che era stato possibile, i suoi erano tornati a Gessopalena per Natale e Pasqua e tutte le volte in cui riuscivano ad allontanarsi da Roma, la sconfinata città in cui non si erano mai sentiti a loro agio, tutto troppo grande e troppo in fretta, e poi non sapevano parlare bene, scuola non ne avevano fatta, licenza elementare poi più niente. Ma che alternativa avevano avuto? Negli anni cinquanta in Abruzzo si lavorava ancora lì sotto, a cavare pietre, con i canestri in testa a trasportarle, con una lanterna a scendere come muli dalla montagna, e chi poteva se ne andava. Così, con Milo già nato, si erano trasferiti in città, ma con il pensiero per anni accarezzato di far ritorno al paese appena raggiunta l'età della pensione, nella loro casa vicino alla chiesa, una casa ariosa, piena di luce, con un bel caminetto con un tiraggio enorme, troppo bello, troppo... Solo che poi Milo si era dovuto vendere anche quella casa, per quattro pidocchi di ricavo, negli anni in cui Tito si era mostrato per quello che forse era sempre stato: un nemico, un nemico e basta, disposto a speculare sui debiti altrui. Oppure era solo un misero uomo, anche lui, come tutti, soprattutto come quelli in cui si era insinuato come un virus il desiderio nero di speculazione. La sventura che i tipi alla Sindona avevano portato nella vita di tanti era stata inarrestabile, arrivata fino nelle vite anonime e invisibili. No, nessun ritorno al paese era stato più possibile per Milo in tutti quegli anni. Con quale faccia, poi?

Ora che era diventato un uomo delle rovine, un essere spopolato e pressoché invisibile, ora non gli restava che cercare dimora tra i ruderi del colle disabitato, resti disadorni di case che mutavano forma e colore a ogni ora del giorno e a seconda della pioggia e del vento, ma dove si poteva vivere indisturbati, non visti. Per questo lo avevo suggerito al Professore quando gli aveva confidato il suo proposito di sparire.

Gessopalena, 17 aprile 1987
(terzo giorno dalla scomparsa)

La rappresentazione della Passione di Cristo terminò nel migliore dei modi: un fragoroso applauso salutò gli attori in costume, tutti competenti, compresi i centurioni, e poi le tre Marie, davvero intense, e bravo soprattutto lui, il giovane che nudo in Cristo era salito sulla croce, e "Padre, perché mi hai abbandonato?" lo aveva detto con voce tanto forte e addolorata che persino il Professore, accovacciato sotto la finestra che dava sulla messa in scena, rabbrividì.

Milo invece era rimasto confuso tra la folla, in quieta attesa. Aveva più e più volte fissato il volto del giovane Cristo e, ne era certo, per un momento i loro sguardi si erano incrociati. Il Figlio di Dio moriva tra atroci sofferenze, come qualunque figlio dell'uomo, solo e sputato addosso come un cane. Anni e anni che andava appresso alle Vie Crucis a Pasqua e ai presepi a Natale, portando con sé sempre la sua unica, immodificata preghiera di essere tolto di mezzo, ma stavolta provava qualcosa di diverso, compassione forse, compassione per quell'uomo in croce che incessantemente moriva nelle rappresentazioni e nelle messe, e poco prima che spirasse, e la terra quindi tremasse e le rocce si spezzassero, tirò fuori dalla tasca un pezzo di quei pani che aveva portato da Roma, allungò il braccio come se l'altro potesse vederlo e sussurrò: "Amico mio, non ho altro da offrirti, prendilo. Spero ti sia di conforto mentre te ne vai dall'altra parte."

Attese poi che la folla si diradasse. Un poco alla volta gli attori e tutti gli altri se ne tornarono giù, al paese abitato. Milo rimase solo sotto la croce vuota. Una fievole luce che proveniva dalla strada gli offriva un po' di calore nella sera gelida, un'impressione di calore, a dire il vero. Sedette ai piedi della croce e diede un morso al pane, era ancora buono, il pane con una storia è più buono; avesse avuto anche un goccio di vino… A pensarci, era da tempo che non beveva un vino decente, tipo quello dei paesi, che macchia il bicchiere. Solo vino cattivo per Milo Marsico, il più cattivo degli uomini. Dietro la croce, una grata di metallo con la base di pietra e uno straccio appeso ricordava a chi voleva ancora sapere che da quelle parti, nel vento delle valli, tra i ruderi di quelle contrade, una mattina di gennaio del 1944 i tedeschi avevano sorpreso dei poveri cristi nel sonno, li avevano radunati in un casolare e bruciati.

Milo poggiò la testa sulla base della croce, stava bene in quello spazio di quiete circondato da montagne ancora innevate alla cima. Si strinse nella giacca e non trattenne più la sua immensa lacrima. "Un giorno torneremo a esistere," disse. Poi chiuse gli occhi.

Note a margine

Ho ritrovato queste note a poche settimane dall'offensiva militare delle truppe russe sul territorio ucraino, quando sembrava tornata tra gli uomini la passione alla guerra.

Postiglione, 17 aprile 2022, Pasqua
Qui dove mi trovo una furia di vento colpisce i vetri delle finestre, piega i rami già carichi dei mandorli, ne disperde i fiori con plateale esibizione di forza. Sembra inverno, sembra il Novecento.
Facciamo che ci crediamo. Facciamo che crediamo alla fine di questo lungo, cupissimo inverno. Alla venuta di una nuova primavera. Facciamo che ci crediamo a una resurrezione. Al distacco dalle croci del Golgota.
Quando tempo verrà, riacquisteremo poi forse anche il senso delle parole, ora tutte guaste. Potremo dire *pace*, senza che sia un'offesa per nessuno. Potremo dire *libertà*, senza che sia un'ingiuria per qualcun altro. E sempre e di nuovo stramalediremo l'uomo che uccide l'uomo. Una volta però – mi pare sia capitato – l'uomo ucciso dall'uomo è rinato alla vita per sempre. Eternamente più grande di chi lo ha messo in croce.

Gessopalena, 18 aprile 1987

Mia cara Adolphine,

com'è difficile scriverti questa lettera.

Ieri, dopo le celebrazioni della Via Crucis, Milo non è tornato nella casa in cui ci siamo sistemati. Ho aspettato che rientrasse, fino a che il sonno non mi ha vinto. All'alba di oggi, quando ho riaperto gli occhi, ancora non c'era. Così sono uscito a cercarlo, immaginando di trovarlo addormentato in un'altra di queste tante case. Sono entrato in tutte. Avresti riso vedendomi vagare tra resti di edifici che sembrano cave vuote, un fantasma nemmeno perturbante di appena un metro e cinquanta, un fantasmino diresti, e per questa tua capacità di riposizionarmi sul lato ridicolo degli eventi ti porterò una riconoscenza profonda e duratura. Ma come posso definire queste dimore non più sorvegliate dall'abitudine umana, nelle quali non c'è più separazione tra fuori e dentro? Non un nome preciso, ma il nome dei nomi: case in cui ciò che le governa è come l'anima, non si vede, case in cui cospira l'invisibilità. Ti viene in mente qualcosa di più bello e, insieme, inquietante? Sto prendendo tempo prima di arrivare al punto, lo avrai capito.

Il pensiero che fosse accaduto qualcosa a Milo mi assediava. Le stradine, gli accessi, gli spazi viscosi tra casa e casa, li ho percorsi tutti. Come per un cupo presagio, ho evitato di andare a vedere nell'unico punto in cui avrei potuto trovarlo, proprio vicino alla nostra casa. Poi ci sono andato, con un senso di oppressione nel petto che aumentava via via che risalivo verso il poggio della crocifissione. Ed eccolo lì, rannicchiato sotto la croce, con un pezzo di pane tra le mani, sembrava addormentato. Una nebbia mi ha avvolto, impedendomi per qualche istante pensieri logici e conseguenti. Milo se n'era andato, senza disturbare nessuno, ma io continuavo a scuoterlo chiedendogli di svegliarsi. Gli ho tolto la giacca, gli facevo aria sul viso, sveglia, amico, svegliati, dicevo, tirati su, fermati un altro po' con me. Mi sono seduto al suo fianco e in un istante tutto quello che avevo intorno si è dissolto in puntini. Non saprei dire per quanto tempo, ma ho dormito anch'io sotto quella stessa croce, un sonno profondo, non interrotto nemmeno dalla pioggia che deve esser venuta giù in abbondanza, a giudicare da quanto io e il povero Milo fossimo zuppi. Al risveglio, comunque, mi era tutto più chiaro.

Ho deciso di restare nella casa che almeno per una notte ho diviso con il mio amico. La sistemerò alla meglio con le cianfrusaglie che Otto ha fatto consegnare nell'altra. D'ora in poi mi occorrerà ben poco. Otto è il solo tra i miei ex allievi (in realtà, dovrei definirlo allievo *in pectore*, allievo d'anima, dato che quando arrivò in facoltà io ero già un vecchio pensionato che dispensava soltanto consigli e pacche sulla spalla), è il solo dicevo a sapere dove mi trovo, e cosa mi è accaduto. Sono consapevole di averlo costretto a una responsabilità bella grossa, affidandogli un segreto che non dovrà mai rivelare. Ma sono certo di lui, come lo ero di Milo: porteranno nella tomba l'essenza del mio crimine. Hai letto bene, mia cara amica, crimine. Non potrò mai dimenticare gli occhi supplichevoli con cui Otto mi guardò il giorno in cui gli confidai i miei propositi. La prego, disse, non mi costringa a sobbarcarmi un fardello così grave, non mi obblighi a commettere questo crimine insieme a lei. In un istante mi fu chiaro che cosa stava vedendo in me il mio giovane allievo. Ai suoi occhi stavo per diventare un pericoloso vecchio uomo che aveva tutta l'intenzione di sottrarsi ai suoi doveri verso la comunità. D'improvviso ero un irresponsabile, un fuorilegge che sottrae il suo corpo agli avvicendamenti imposti dalla comunità, dalla legge. E sia, pensai. Del resto, ero pur sempre un padre *in pectore* come Giuseppe di Nazareth nel romanzo di Jan Dobraczyński: ero, soprattutto, un uomo del Novecento che lascia segreti e fardelli ai suoi figli che si affacciano al secolo nuovo.

Vado ora a seppellire Milo su questa collinetta. È qui che evidentemente voleva restare, dove era nato, e qui resterà.

Sempre tuo

L'ombra del padre

Mio padre è nato nel 1948 a Postiglione ed è assolutamente certo che quando morirà verrà seppellito nel cimitero del paese. È un uomo con certezze precedenti, anche da questo punto di vista. I suoi genitori, per non lasciare ai figli incombenze postume, comprarono un posticino al camposanto mentre erano ancora in vita. Una definizione di modernità, data in un saggio da Robert Pogue Harrison, si incentra proprio sul luogo del seppellimento: la modernità è quell'epoca in cui sai dove sei nato ma non puoi prevedere dove sarai seppellito. In realtà, riflettendoci bene, nella storia delle migrazioni il luogo del riposo eterno è sempre stato incerto. Quanti, anche solo limitando il discorso all'emigrazione italiana, sono morti lontani dai paesi, dalle campagne che avevano dovuto lasciare, e per quanto tempo, durante la loro vita, hanno sognato un ritorno possibile, anche solo nello spazio di un loculo lambito dal sole che li aveva visti nascere.

L'Italia in cui mio padre è nato è l'Italia che passa dalla miseria al benessere in meno di due decenni, dalle macerie della guerra alla ricostruzione accresciuta, dai tratturi per somari ai ponti autostradali, fino alle grandi periferie operaie, alle zone industriali che consumano suolo e mangiano i campi, spingendo sempre più in là le greggi di pecore. Fu bene? Fu male? Quella crescita vorticosa, innescata da condizioni favorevoli di cambio e tassi; da un capitalismo rapace e speculatore (le tanti mani sulle città) che avrebbe trasformato l'agricola Italia in una potenza industriale; dalla velocità con cui i nostri padri percorsero la strada che li portava lontano dal villaggio dei cafoni: la percorsero correndo e guardando lontano, ma con la vista che avevano; la percorsero confidando nel cemento e nella plastica, crescere e progredire e, soprattutto, stare meglio di chi li aveva preceduti; quella loro impetuosa crescita, che stravolse paesaggi e eresse muri e ponti di cemento armato e deviò corsi d'acqua e sotterrò paesi per costruirvi dighe artificiali e centrali nucleari, quella crescita fu bene o male? Forse non ci fu altra scelta.

In una intervista raccolta da Nadia Tarantini nel 1985, perfino Federico Caffè (nato nel 1914) ammetteva: "Non sono particolarmente sensibile ai problemi dell'ecologia... Preferisco che la gente abbia case dove poter abitare decentemente." Nel conto delle uscite e delle entrate dei bilanci finanziari, Caffè ripeteva che bisognava metterci la vita della gente. E quanto alla sua gente, quella nata vissuta e morta nel pescarese, aggiungeva: "Ricordo che i contadini dei Colli, quando si recavano a Porta Nuova, o per portare le loro merci o per fare altre commissioni, si toglievano le 'ciambelle' e se le mettevano sul capo... andavano a piedi nudi per risparmiare le scarpe. Ora, quando torno, vedo che queste persone prendono gli autobus e vanno anche in colline più lontane, fino a San Silvestro. Ecco, questo è un indice di civiltà, di benessere. La trasformazione d'immagine che io vedo a Pescara, di quei contadini che non si mettono più le pianelle in testa, ma prendono il mezzo di trasporto urbano, realizza anche la previsione di un economista dell'Ottocento che diceva: l'unica forma di redistribuzione che possiamo fare sono i servizi sociali."

I nostri padri del Novecento – il secolo puerile, si è detto, e nel 1938 Witold Gombrowicz dà alle stampe *Ferdydurke*, che è tra i libri più significativi di quel secolo: Giuso, il protagonista, è un trentenne intrappolato in una perenne adolescenza, e mentre lo si incolpa della sua grave immaturità l'autore ci svela sottotraccia che, a conti fatti, la scelta di Giuso è l'unica scelta sensata in un mondo che fa paura, anche nei suoi aspetti più ridicoli –, i nostri padri, dicevo, hanno avuto paura della miseria e dell'incertezza da cui provenivano, della sostanza umana da cui discendevano e che aveva consentito, per debolezza e ricattabilità, le grandi tragedie che erano appena alle spalle. Nei modi che venivano messi loro sotto gli occhi, hanno puntato a costruire una sostanza umana diversa, che si è consolidata con le certezze acquisite attraverso il fabbricare fabbrica e fabbricare, e il lavorare con forza cieca: quelli senza scuola, nelle fabbriche e sui cantieri; i più fortunati, con almeno un titolo di studio, negli uffici.

Nel 1949 – mio padre era nato da un anno – fu pubblicato in Italia, dopo vari rifiuti editoriali, *Il mondo è una prigione* di Guglielmo Petroni, accolto da una sonata di critiche a sinistra. Il libro comincia con una prigione che si apre e ne esce Petroni. È il 4 giugno 1944. Gli americani sono arrivati a Roma. C'è un bel sole. Roma fortunata, invincibile e eterna, dichiarata *città aperta* nell'agosto del '43.

"Come potevo non essere felice? Dovevo esserlo e lo volevo: ma l'inganno non resse. Camminavo in mezzo alla folla concitata, gli ultimi tedeschi fuggivano con i volti tetri, con le armi spianate, ma io sentivo ingigantire nel mio cuore il fastidio di tornare tra gli uomini: sentivo una fortissima attrazione per i giorni trascorsi nelle luride celle delle prigioni che avevo conosciuto in quelle poche settimane che parevano anni?"

Fuori dalla cella, Petroni sa che dovrà entrare in contatto con una sostanza umana devastata. Là fuori, sa che troverà uomini i cui sentimenti gli fanno paura più della sua stessa morte. Non è forse terribile il contadino toscano che gli nega un boccone e un posto al riparo dal freddo, mentre è in viaggio a piedi verso la sua Lucca? Ecco che starsene separato dal mondo, pur nella segregazione, diviene nella sua mente una prospettiva più sostenibile dello scontro con la "confusione dei sentimenti", confusione che è negli altri come in sé stesso. E no, non basterà bagnarsi "nell'acqua tiepida, tra il profumo di un sapone che sapeva di bucato", per riconciliarsi con la vita, per credere nelle magnifiche sorti e progressive.

Nelle pagine finali Petroni scrive: "Per le strade, per i cosiddetti salotti, ai comizi, tra la folla che esultava, senza sapere bene di che cosa, sempre di più compresi che cercare attorno a sé un nuovo appoggio, un nuovo equilibrio ai propri passi sarebbe stato vano; eppure quasi tutti cercavano fuori di se stessi, nelle strade, nelle parole degli altri. Ma il primo passo verso la vita non si può fare se non partendo dal fondo della propria anima." Parla da uomo del Novecento, Petroni, un uomo in crisi già prima delle due guerre mondiali, avvertendo che un'epoca è finita e non sapendo cosa aspettarsi da quella che comincia; soprattutto, quell'uomo non sa che nome dare alla sua angoscia, al senso di vuoto che lo pervade.

I nostri padri, nati agli inizi del secondo dopoguerra, hanno riempito di cose concrete quel vuoto. Hanno cercato gli appigli ideologici, hanno costruito il proprio bagaglio di certezze partendo letteralmente dalle macerie, in una sorta di solidarietà affettuosa e letale con un'idea di progresso che cancellasse l'immagine del popolo straccione, dominato e poi miracolato. In questa corsa non c'è stato tempo per soffermarsi sull'ecologia (nonostante i discorsi giovanili sui fiori), sull'armonia del creato. Andavano a caccia il sabato, per diletto; sradicavano alberi per avere strade che non rovinassero l'auto nuova; tombavano dodicimila chilometri di corsi d'acqua per costruirvi immediatamente sopra, sebbene dai sotterranei in cui sono stati confinati quei fiumi, come i morti, di tanto in tanto tornino a farsi vivi in maniera impetuosa. Con quel tanto di cinismo che ancora li contraddistingue, sosterrebbero che non hanno neppure avuto voglia di discorsi ecosostenibili. Sciocchezze da intellettuali squattrinati, direbbe mio padre, a partire da me, chiaramente. Meglio pale eoliche che energia a caro prezzo e panorami, meglio posti di lavoro che amache appese agli alberi. Così, con un costante senso di malessere che assomiglia al senso di colpa verso la disoccupazione dilagante, se vedo un'amaca mi ci stendo sopra di nascosto, e comunque entro la schiacciante ombra paterna. E chissà se è un caso che *L'ombra del padre* di Jan Dobraczyński, fin qui spesso citato, sia uscito proprio nel 1977, l'anno in cui sono nata.

Discorsi ecosostenibili che, al contrario, facciamo noi figli. Ma, bisogna ammetterlo, possiamo farli perché i loro marcati passi verso quell'idea di progresso ne nascondevano altri: passi invisibili che hanno consentito a noi di guardare lontano con una vista meno corta, di avere i libri, di parlare altre lingue, di sentirci cittadini non più di provincia, ma del mondo intero. I nostri padri ci hanno lasciato BOT ricchissimi e uno spaventoso debito pubblico, ma in questo modo ci è stato possibile pagarci il *welfare* e la scuola. Ora siamo addirittura in grado di capire (e giudicare) i loro errori, di vedere le loro contraddizioni, però di scioglierle, assieme alle nostre, no, non ne siamo capaci. Saper costruire dalle macerie fu il loro sogno grandioso, che però non resse alle trame di un destino altrove determinato. Ma – questo pure bisogna ammetterlo – a differenza di noialtri non si sono legati alla crescita consumistica; all'opposto, appena hanno potuto si sono ritirati in una dimensione raccolta, sono tornati a curare l'orto, a guardare da un osservatorio protetto i crolli di ciò che avevano velocemente costruito: nuove macerie, stavolta per noi, dalle quali non abbiamo la forza di risollevarci. Macerie di cemento armato di un secolo che non si sapeva dove avrebbe portato.

Il 14 agosto 2018 si è accartocciato su sé stesso uno degli emblemi di quell'epoca. Sotto una pioggia battente, poco prima di mezzogiorno, il ponte Morandi di Genova, costruito interamente in calcestruzzo armato e inaugurato il 4 settembre 1967 dal presidente della Repubblica Giuseppe Saragat, è crollato causando morte e distruzione, e facendo precipitare, con il cemento armato, le contraddizioni di un secolo che in un secolo non abbiamo saputo sciogliere. Così, lontano dalla brevità che troppo presto gli si è assegnata, dopo ogni crollo il Novecento sembra il secolo che di continuo ricomincia. Come posso dire? Per quanto mi riguarda, quel senso di angoscia esistenziale – di vuoto, mettiamola così – che fu degli uomini e delle donne che si affacciavano al ventesimo secolo privi di qualsivoglia punto di sostegno, privi anche della definizione di ciò che sentivano – ci penserà la psicoanalisi a fornire gli strumenti per arredare quel vuoto –, quel senso di vuoto è anche il mio. Un crepuscolarismo dell'anima, un ripiegamento verso le piccole cose, i luoghi disabitati, la luce che filtra dalla crepa, la crepa stessa incorniciata in casa mia, dopo le ultime accensioni d'impegno, dopo la *parola sociale* che non riesco più a dire.

Io non so dove verrò seppellita e non so nemmeno se qualcuno si occuperà delle mie spoglie, giacché non ho figli e non ho nipoti. In compenso, ho un trolley che non disfo mai del tutto, come se una parte di me sapesse che non è qui e non è ora la mia vita. Ma intanto che aspetto il qui e ora definitivo, la vita non aspetta e non ho ancora pensato a come farò quando sarò vecchia e non avrò alcuna pensione, e arrancherò per le scale di un palazzo fatiscente, con un carrello della spesa da trascinare scalino per scalino e il ricordo vivido dei miei sepolti al paese, e il loro sogno che mi includeva e mio padre che diceva "il mattone il mattone", "prima di tutto bisogna avere un tetto sulla testa", ma quasi certamente io dovrò venderli, i suoi mattoni accatastati con i famosi sacrifici. A ogni modo, ammesso che io arrivi all'età in cui servirebbe una pensione, credo che avrò con me un vecchio gatto, forse due, con cui dividerò il mio incerto pasto, e questa è la mia unica certezza.

Gessopalena, 19 aprile 1987

Mia cara Adolphine,

ho seppellito Milo e sono al punto di non ritorno, in questa sorta di resurrezione che mi consegna a una nuova vita attraverso la necessaria morte della precedente.

Tu che più volte hai sottolineato la necessità, in quest'epoca senza avvenire, di rimettere tutto in questione, anche la parola *rivoluzione*, almeno tu accogli questa mia personale scelta come una rivolta senza proclami. Sebbene con la disperazione nel cuore, il mio rifiuto di un mondo che non comprendevo più era già irretrattabile. Non molto tempo fa, ero seduto al tavolino di un bar in una centralissima piazza di Roma. Le mie energie fisiche erano già ridotte al lumicino, ma me ne restavano abbastanza per continuare a fare ciò che ho sempre fatto, osservare, stare attento. Ho di continuo esercitato quell'attenzione verso l'inapparente di cui hai scritto spesso: volgere lo sguardo verso ciò che è reietto e rifiutato, nella lucida consapevolezza che prestare attenzione alla vulnerabilità degli altri significa riconoscere anche la propria. Sì, l'ho sempre fatto, anche quando non sapevo definirlo così bene come ora che sto usando le tue parole. Ebbene, mi trovavo al tavolino di quel bar, e non molto più in là c'era un uomo a terra, spesso l'avevo visto in quello stesso punto. Qualche volta parlava ai passanti, diceva bel signore, bella signora e tendeva la mano. Aveva una gamba intera e l'altra un moncone. Ci sono molti modi di attraversare la piazza e non vedere quest'uomo a terra. Quella mattina un tizio gli si è avvicinato a passo svelto, lo ha guardato e gli ha sputato addosso, quindi ha ripreso la sua passeggiata, del resto c'era un bel sole, c'era gente nel transito incandescente dei giorni, chi partiva chi arrivava. Ho avuto un capogiro e sono svenuto, accasciandomi sul tavolo. Quando mi sono svegliato, sollecitato con decisione dal cameriere a cui serviva il mio posto per i nuovi arrivati, l'uomo non c'era più. Credo di aver pensato che fosse morto, o che sarebbe morto di lì a poco, quella notte. Molti uomini muoiono di notte con il convulso in gola per non aver potuto dire no a ciò che li ha oppressi. È stato quella mattina che ho definitamente chiuso la mia partita con il mondo.

Sono certo che puoi comprendere ogni parola di quelle che lascio qui. La tua vita, vissuta con asprezza geniale, è la prova più evidente di quanto tu sia stata vicina al cuore umano di chiunque. Sei sempre stata libera nella ricerca di quella che tu chiami Verità, libera e coraggiosamente attratta dall'impossibile. La tua bellezza è autentica, come i tuoi capelli ad ali di corvo! No, mia cara amica, il tuo aspetto esteriore non fa spavento, perché lo pensi? Ho combattuto anch'io, a lungo, con i miei limiti corporei. Avrei voluto essere più alto, comunque più bello. Senti questa. Conobbi a Pescara, quando ero un bambino, il pittore Francesco Paolo Michetti. Era come una miniatura, poteva sembrare un D'Annunzio bello, con il pizzetto come lui ma molto più bello, con una moglie altissima, donna Annunziata. I due venivano regolarmente al cinema, l'Excelsior, che un mio parente aveva aperto in città, e dove io stesso passavo parte del mio tempo, irrimediabilmente sedotto dalla lanterna magica ad acetilene. Quando Michetti morì, io ero uno studente delle medie. E allora avvenne uno di quei fatti spontanei che in Abruzzo non si sa da dove vengano. Ci fu un grande funerale, e anche coloro che non sapevano chi fosse Michetti, con un gesto istintivo tanto comune da noi, accompagnarono il feretro, portando tutti un ramo d'ulivo. Sembrava un quadro che avesse immaginato lui stesso, uno spettacolo eccezionale, con quella fragranza nell'aria e la fioritura strana delle foglie d'ulivo.

Ecco, mia cara amica, a differenza di Michetti, che pure era minuto, io non ho mai avuto il coraggio di corteggiare se non goffamente, e direi ridicolmente, una donna, meno che mai una più alta di me. In un certo senso ho rinunciato all'amore sensuale per il timore di scorgere il rifiuto di me negli occhi di qualcuno. Eppure ora, in questa nuova stagione della mia vita, sento di poter accantonare tutto il vademecum di cautele. Sento, mia cara Adolphine, che se tu in qualsiasi momento del giorno e della notte mi raggiungessi su quest'altura, tra queste case in cui vibra l'eco di voci passate ma non per questo perdute, fortissimamente sento che quell'amore che tu e io ci siamo negati potrebbe ora, vedendoci esitare, prenderci per mano fin dal primo passo e con dolcezza condurci all'affidamento reciproco, senza più che l'anima indietreggi. E sedere insieme e finalmente mangiare.

Sto imparando da te, preziosa donna, a incarnare quello per cui abbiamo lottato e sofferto. È solo questione di tempo prima che le mie scarpe si consumino, i vestiti si buchino e le dita delle mani e dei piedi mi si gelino. Sto per diventare uno scarto, reietto tra i reietti. Invisibile allo stesso modo di quelli che ricoprono i marciapiedi come un muschio olivastro, pongo qui la mia dimora, tra resti di case che non servono più a niente, mangiate dal vento. Pioverà su questo nostro tempo senza avvenire. Ma io ora so che è proprio tra le persone e le cose che suscitano solo un'alzata di spalle che si nasconde la presenza segreta di Dio. E anche nei letti di pietra, tra massi grevi e pericolanti, troverò il rivoletto di un'acqua viva. Qui ti aspetto, mia amata, qui dove è ancora tutto possibile. In quest'ora costante, in qualunque momento vorrai raggiungermi, qui mi troverai, un calco nel gesso, polvere di un tempo che poteva essere e non è stato.

Sempre tuo

L'attimo dell'immemorare

"L'amore divino ha attraversato l'infinità dello spazio e del tempo per venire da Dio a noi," ha scritto Simone Adolphine Weil. "Quando il seme d'amore divino deposto in noi è cresciuto fino a diventare un albero, come possiamo noi che custodiamo quel sempre, riportarlo alla sua origine? Sembra impossibile, eppure un mezzo c'è. E noi lo conosciamo bene. Sappiamo bene a cosa rassomiglia l'albero cresciuto in noi, quell'albero bellissimo sul quale si posano gli uccelli del cielo."

Milo Marsico fu preparato dal Professore con infinita dedizione. Dopo un accurato taglio di barba e capelli, eseguito con le forbici che aveva trovato tra gli oggetti procurati da Otto, gli lavò il corpo con delle garze inumidite, lo asciugò con una coperta di lana facendo attenzione a non graffiarlo, infine gli mise addosso il suo vestito buono e il cappotto con cui si era allontanato da casa: le misure corrispondevano, erano entrambi esili. Nel cumulo di terra con cui lo ricoprì piantò i semi di un frutto che aveva trovato in quei freddi paraggi e che, ne era certo, sarebbero germogliati presto in un albero, accorciando la distanza da lì fino a Dio. Quel giorno anche lui avrebbe fatto il senso inverso del viaggio compiuto da Dio fino a lì, se era giusta la convinzione di Milo che i luoghi desolati vivono solo alla presenza di Dio. Nel frattempo gli avrebbe parlato, gli avrebbe letto ad alta voce versi di poesie e, almeno una volta al giorno, canticchiato brani di musica classica, come faceva con i suoi allievi, che si sforzavano di indovinare da quali opere provenissero e quasi mai ci riuscivano. Il giorno del piccolo funerale, nella splendida orazione che tenne per Milo con grande impegno di voce, il Professore citò Seneca e la sua fiducia nel tempo ciclico: "Verrà il giorno in cui il tempo e lo studio attento di più generazioni porteranno alla luce le cose che ora sfuggono... Verrà il tempo in cui i nostri posteri si meraviglieranno che noi ignorassimo cose così evidenti."

Per loro due, invece, era finito il tempo che inesorabile va in avanti. Era cominciato, adesso, un tempo nuovo, in un'audace combinazione di orologi fermi e profezia. Sedutosi accanto alla sepoltura dell'amico, il Professore ricordò un episodio a cui aveva assistito anni prima, trovandosi di passaggio in una piazza di Roma. Un pazzo, quello che era sembrato d'acchito un pazzo, si era arrampicato su una statua e gridava a tutta voce che la società deve tornare unita, bisogna tornare al punto di prima, in quel punto dove voi avete imboccato la strada sbagliata, che razza di mondo è questo se è un pazzo che vi dice che dovete vergognarvi? Ma non fu tanto questo a colpirlo – due minuti dopo aveva già capito che si trattava della scena di un film girato in Campidoglio –, quanto l'immagine dei passanti che come lui si erano fermati ad ascoltare il folle: mentre l'uomo sulla statua gridava la sua verità, quelli stavano in silenzio, come assorti, poi cominciarono ad avvicinarsi l'uno all'altro e a farsi avanti con un solo passo, qualcuno piangeva, qualcuno offriva il braccio allo sconosciuto di fianco. Per un istante unico e irripetibile, la storia s'interruppe e un'umanità nuova sembrò pronta a mettersi in cammino. Poi tutto finì, finite le riprese, e la folla si disperse.

Seduto dove si trovava, con in grembo il quaderno su cui stava per appuntare nuovi pensieri per Adolphine, della cui presenza d'ora in poi avrebbe potuto parlare con Milo, il Professore pensò che, se quella piccola luce si era accesa una volta in una folla casuale, poteva accendersi ancora, in un giorno qualunque. Bisognava aspettare, solo questo, e lui ora aveva tempo, tutto il tempo che ci vuole per ritornare alla luce.

E così, nessuno ci aveva detto che eravamo perduti all'origine. Un'origine condizionata da qualcosa di oscuro, contro il quale le tante piccole storie singole di una collettività non riescono a portare fino in fondo un proprio disegno. Ma c'è qualcosa, in questa disperazione da destino segnato, che assomiglia a una nostalgia dell'inaccaduto, tra le tante cose accadute. Non saprei dire quale luce cada, dopo anni, sulle costernazioni del passato, fra le trame che hanno deciso di noi. Eppure, potrebbe esserci una scintilla della speranza da riattizzare nel passato. Walter Benjamin lo chiama "immemorare", questo determinato momento del presente che entra in relazione con un determinato momento del passato. La figura di Federico Caffè rappresenta uno di questi momenti rivelatori, una traccia del passato che fa brillare le possibilità del futuro. Era un uomo libero, e noi agli uomini liberi non siamo abituati. Ma la Storia procede per rotture e salti, e se un elemento del passato in un istante si collega al presente, vuol dire che nel presente possono essere gettate le basi di quello che sarà. Intanto possiamo provare a raccontare. È quello che ho cominciato a fare in questo libro, che è il mio più personale – fanno qui la loro comparsa i ricordi – ma al contempo il più decentrato. I ricordi, anche quando acquistano una certa ampiezza, non sempre costituiscono un'autobiografia, scrive ancora Benjamin. E questa di sicuro non lo è, dato che lo scorrere del tempo, qui, non segue il fluire continuo della vita, ma procede per attimi e discontinuità in cui affiorano persone che sono esistite o esistono non più realisticamente del loro doppio onirico. Il Professore che si ritira fra i gessi e scrive lettere ad Adolphine è un'invenzione seducente, un'anima che si muove con garbo sulle rovine. Ma, appunto, un'invenzione. Mio padre, io stessa: invenzioni, mettiamola così, necessarie a intravedere quel filo di paglia a cui aggrapparsi. Solo un filo, una suggestione se si vuole. Ma tra niente e qualcosa, è qualcosa.

Nota bibliografica

Sono tanti i libri che sorreggono *Dove la luce*. Proverò a darne conto con accuratezza, concedendomi un po' di libertà: alcuni libri rimandano ad altri e qualche autore o autrice è presente in citazioni che negli anni ho appuntato sui miei diari, e non per tutte sono riuscita a risalire alle edizioni che avevo allora.

AMARI, GIUSEPPE (a cura di), *Parla Federico Caffè*, Armando Editore, Roma, 2014

AMARI, GIUSEPPE; ROCCHI, NICOLETTA (a cura di), *Federico Caffè. Un economista per il nostro tempo*, Ediesse, Roma, 2009

ARCHIBUGI, DANIELE, *Maestro delle mie brame*, Fazi, Roma, 2022

BENJAMIN, WALTER, *Tesi di filosofia della storia*, Mimesis Edizioni, Sesto San Giovanni, 2012

BENJAMIN, WALTER; BLOCH, ERNST, *Ricordare il futuro. Scritti sull'"Eingedenken"*, a cura di Stefano Marchesoni, Mimesis Edizioni, Sesto San Giovanni, 2017

BRERA, GUIDO MARIA, *Dimmi cosa vedi tu da lì. Un romanzo keynesiano*, Solferino Libri, Milano, 2022

CAFFÈ, FEDERICO, *Economia senza profeti*, a cura di Riccardo Bellofiore, Edizioni Studium, Roma, 2013

CAFFÈ, FEDERICO, *In difesa del Welfare State*, Rosenberg & Sellier, Torino, 2014

CAFFÈ, FEDERICO, *La dignità del lavoro*, a cura di Giuseppe Amari, Castelvecchi, Roma, 2014

CAFFÈ, FEDERICO, *La solitudine del riformista*, Bollati Boringhieri, Torino, 1990

CAFFÈ, FEDERICO, *Scritti quotidiani*, Manifesto Libri, Roma, 2007

CARSON, ANNE, *Decreazione*, Utopia, Milano, 2023

CELAN, PAUL, *Di soglia in soglia*, Einaudi, Torino, 1996; *Enthymema*, n. 24, 2019

CRAINZ, GUIDO, *Il paese reale*, Donzelli Editore, Roma, 2013

CRANE STEPHEN, *Il segno rosso del coraggio*, Einaudi, Torino, 2021

D'APICE, CARMELA, *Una prefazione di Federico Caffè. L'importanza della formazione e del capitale umano nello sviluppo economico*, in *Federico Caffè a cento anni dalla nascita*, a cura di Guido Maria Rey e Gian Cesare Romagnoli, FrancoAngeli, Milano, 2016

D'APICE, CARMELA; MAZZETTI, GIOVANNI (a cura di), *Roma, la città contro l'uomo. Le baracche e gli altri problemi urbani nella loro dimensione storica ed attuale*, C.A. Schirru, Roma, 1970

DE LUNA, GIOVANNI, *Fascismo e storia d'Italia*, Fondazione Giangiacomo Feltrinelli, Milano, 2022

DOBRACZYŃSKI, JAN, *L'ombra del padre. Il romanzo di Giuseppe*, Morcelliana, Brescia, 1980

FAZI, THOMAS, *La lezione dimenticata di Federico Caffè*, Meltemi, Sesto San Giovanni, 2022

GOMBROWICZ, WITOLD, *Ferdydurke*, Il Saggiatore, Milano, 2020

GRECO, TOMMASO, *Curare il mondo con Simone Weil*, Laterza, Bari, 2023

HARRISON, ROBERT POGUE, *Roma, la pioggia... A che cosa serve la letteratura?*, Castelvecchi, Roma, 2017

KIAROSTAMI, ABBAS, *Il vento e la foglia*, Le Lettere, Firenze, 2014

LERNER, GAD, *Operai*, Feltrinelli, Milano, 2010

MUSIL, ROBERT, *Pagine postume pubblicate in vita*, Einaudi, Torino, 2004

NÁPRAVNÍK, MILAN, *Deserte visioni*, Vocifuoriscena, Viterbo, 2021

NERVAL, GÉRARD DE, *Aurélia*, Moretti & Vitali, Bergamo, 2016

NERVAL, GÉRARD DE, *Le Chimere*, a cura di Alessandro Parronchi, Fussi-Sansoni, Firenze, 1946

NERVAL, GÉRARD DE, *Lettera ad Alexandre Dumas*, ne *Le figlie del fuoco*, Einaudi, Torino, 1990

NIZAN, PAUL, *Aden Arabia*, Mondadori, Milano 1961

PÉTREMENT, SIMONE, *La vita di Simone Weil*, Adelphi, Milano, 1994

PETRONI, GUGLIELMO, *Il mondo è una prigione*, Feltrinelli, Milano, 2005

REA, ERMANNO, *L'ultima lezione*, Feltrinelli, Milano, 2019

SCIASCIA, LEONARDO, *La scomparsa di Majorana*, Adelphi, Milano, 2004

STORNI, ALFONSINA, *Vado a dormire*, da *Poemas de amor*, Edizioni Casagrande, Bellinzona, 1988

THOREAU, HENRY DAVID, *Walden. Vita nel bosco*, Feltrinelli, Milano, 2014

TONDELLI, PIER VITTORIO, *Pao Pao*, Feltrinelli, Milano, 1982

TONDELLI, PIER VITTORIO, *Un weekend postmoderno. Cronache dagli anni ottanta*, Milano, Bompiani, 2018

UNGARETTI, GIUSEPPE, *Dove la luce*, da *Sentimento del tempo*, Mondadori, Milano, 1949

VOLLMANN, WILLIAM T., *I poveri*, Minimum Fax, Roma, 2020
WALSER, ROBERT, *La passeggiata*, Adelphi, Milano, 2013
WEIL, SIMONE, *Attesa di Dio*, Adelphi, Milano, 2008
WEIL, SIMONE, *Dichiarazione degli obblighi verso l'essere umano*, Castelvecchi, Roma, 2020
WEIL, SIMONE, *La prima radice*, Edizioni di Comunità, Roma, 2017
WEIL, SIMONE, *Oppressione e libertà*, Orthotes Editrice, Nocera Inferiore, 2015
WEIL, SIMONE, *Riflessioni sulle cause della libertà e dell'oppressione sociale*, Adelphi, Milano, 2008
WREIGHT, CHARLES, *Crepuscolo americano e altre poesie*, Jaca Book, Milano, 2001
ZAOUI, PIERRE, *L'arte di scomparire*, Il Saggiatore, Milano, 2015

L'intervista a Federico Caffè raccolta da Nadia Tarantini è in *C'era una volta in Abruzzo*, Medium, Pescara, 1985.

Il mio brano *Scomparire, la più grande paura*, scritto per La Milanesiana, è apparso sul *Corriere della Sera* il 6 luglio 2018.

Per la deposizione su Licio Gelli e la P2 resa da Nora Lazzerini, riportata a pagina 38, ho consultato l'archivio del Senato, sezione Patrimonio.

Per i brani sull'antimeridionalismo riportati a pagina 115, a firma di Giovanni Russo e Arnaldo Giuliani, ho consultato l'archivio online del *Corriere della Sera*. Nello stesso archivio è presente l'appello firmato dagli economisti in favore di Paolo Baffi e Mario Sarcinelli, riportato a pagina 40.

Per il brano riportato a pagina 43 sugli occhiali di Federico

Caffè, di Marcello De Cecco, ho consultato l'archivio online della *Repubblica*.

Il poeta friulano citato a pagina 26 è Gian Giacomo Menon, di cui segnalo la raccolta *Qui per me ora blu. Una vita per la poesia*, KappaVu, Udine, 2013.

Ringraziamenti

Desidero ringraziare le persone con cui ho potuto discutere le parti di questo libro. A cominciare da Mario De Santis, che con acume e amichevole pazienza ha rischiarato la definizione dei frammenti che andavo mettendo insieme. E Andrea Di Consoli, per le comuni costernazioni del passato. Dico grazie a Daniele Archibugi, Giuseppe Scidà, Nicoletta e Angelo Pellegrino, Vicki Satlow e Emilia Polimeno, per la loro amicizia. Ringrazio Elisabetta Sgarbi e Eugenio Lio, per l'affettuoso sostegno alle mie peripezie. E così Alessia Algani e Oliviero Toscani. Le foto riprodotte nel testo sono opera di Vincenzo Balsamo, che qui e altrove compone con me le pagine del libro a venire.

Oceani narrativa italiana

1. Elena Stancanelli, *La femmina nuda*
2. Viola di Grado, *Bambini di ferro*
3. Veronesi, Stancanelli, Perroni, Parrella, Nesi, Missiroli, Llera Moravia, Garrone – Albinati, Falco, Covacich, Colombati, Codignola, Brera, Andreose, Abbate, *Smash. 15 racconti di tennis*
4. Aldo Nove, *Anteprima mondiale*
5. Sandro Veronesi, *Un dio ti guarda*
6. Susanna Tamaro, *La Tigre e l'Acrobata*
7. Giovanni Mastrangelo, *Il sistema di Gordon*
8. Mauro Covacich, *La città interiore*
9. Edith Bruck, *La rondine sul termosifone*
10. Crocifisso Dentello, *La vita sconosciuta*
11. Diego Marani, *Vita di Nullo*
12. Guido Maria Brera Edoardo Nesi, *Tutto è in frantumi e danza*
13. Giulia Gianni, *Stiamo tutti bene*
14. Francesca Manfredi, *Un buon posto dove stare*
15. Fulvio Abbate, *Zero maggio a Palermo*
16. Pietrangelo Buttafuoco, *I baci sono definitivi*
17. Cristina Battocletti, *Bobi Bazlen. L'ombra di Trieste*
18. Luca Doninelli, *La conoscenza di sé*
19. Dario Franceschini, *Disadorna*
20. Grazia Verasani, *La vita com'è*
21. Massimo Picozzi, *Mente criminale*
22. Massimiliano Parente, *Trilogia dell'inumano*

23. Anna Banti, *Racconti Ritrovati*
24. Giulio Andreotti, *Il buono cattivo*
25. Paolo Rumiz, *La regina del silenzio*
26. Riccardo Bruni, *La notte delle falene*
27. Andrea Moro, *Il segreto di Pietramala*
28. Paolo Nelli, *Trattato di economia affettiva*
29. Luca Ricci, *Gli autunnali*
30. Michele Ainis, *Risa*
31. Silvio Muccino, *Quando eravamo eroi*
32. Luigi Guarnieri, *Forsennatamente Mr. Foscolo*
33. Ermanno Cavazzoni, *La galassia dei dementi*
34. Mariantonia Avati, *Il silenzio del sabato*
35. Giuseppe Cesaro, *Indifesa*
36. Lucrezia Lerro, *L'estate delle ragazze*
37. Fausta Garavini, *Il tappeto tunisino*
38. Letizia Muratori, *Spifferi*
39. Laura Morante, *Brividi immorali. Racconti e interludi*
40. Massimo Maugeri, *Cetti Curfino*
41. Giorgio Scerbanenco, *L'isola degli idealisti*
42. Giancarlo Marinelli, *Il silenzio di averti accanto*
43. Andrea De Carlo, *Una di Luna*
44. Roberto Cotroneo, *Niente di personale*
45. Irene Di Caccamo, *Dio nella macchina da scrivere*
46. Davide Van De Sfroos, *Ladri di foglie*
47. Michela Monferrini, *Muri maestri*
48. Guido Tortorella, *La paura della coccinella*
49. Lorenzo Tondo, *Il Generale*
50. Umberto Eco, *Il pendolo di Foucault*
51. Mario Martone, *Capri Revolution*

52. Giorgio Scerbanenco, *Luna di miele*
53. Elio, *Uaired*
54. Kim Rossi Stuart, *Le guarigioni*
55. Mauro Covacich, *Di chi è questo cuore*
56. Claudia Durastanti, *La straniera*
57. Laura Pariani, *Il gioco di Santa Oca*
58. Viola di Grado, *Fuoco al cielo*
59. Luca Doninelli, *La dieta sono io*
60. Melissa Panarello, *Il primo dolore*
61. Daria Colombo, *Cara premier*
62. Francesca Manfredi, *L'impero della polvere*
63. Elena Stancanelli, *Venne alla spiaggia un assassino*
64. Giovanni Comisso, *Gioventù che muore*
65. Giorgio Biferali, *Il romanzo dell'anno*
66. Giorgio Scerbanenco, *Appuntamento a Trieste*
67. Lucrezia Lerro, *Più lontano di così*
68. Camilla Baresani, *Gelosia*
69. Letizia Muratori, *Carissimi*
70. Giorgio Scerbanenco, *Il terzo amore*
71. Edoardo Nesi, *La mia ombra è tua*
72. Edith Bruck, *Ti lascio dormire*
73. Fabrizio Gatti, *Educazione americana*
74. Ermanno Cavazzoni, *Storie vere e verissime*
75. Massimo Tedeschi, *La maledizione del numero 55*
76. Andrea De Carlo, *Due di due* (illustrato)
77. Sandro Veronesi, *Il colibrì*
78. Giorgio Scerbanenco, *Il Centodelitti*
79. Goliarda Sapienza, *Il filo di mezzogiorno*
80. Fosco Maraini, *Case, amori, universi*

81. Filippo Penati, *L'uomo che faceva le scarpe alle mosche*
82. Roberto Andò, *Il bambino nascosto*
83. Ermanno Cavazzoni, *Il poema dei lunatici*
84. Giovanni Mastrangelo, *I padri e i vinti*
85. Claudia Petrucci, *L'esercizio*
86. Giorgio Montefoschi, *Desiderio*
87. Francesca d'Aloja, *Corpi speciali*
88. Marida Lombardo Pijola, *L'imperfezione delle madri*
89. Guido Brera, *La fine del tempo*
90. Luca Ricci, *Gli estivi*
91. Maria Antonia Avati, *A una certa ora di un dato giorno*
92. Franco Cordero, *La tredicesima cattedra*
93. Umberto Eco, *Il nome della rosa*
94. Roberto Cotroneo, *Presto con fuoco*
95. Paolo Nelli, *Il terzo giorno*
96. Fulvio Abbate, *La peste nuova*
97. Giorgio Scerbanenco, *La valle dei banditi*
98. Claudia Durastanti, *Un giorno verrò a lanciare sassi alla tua finestra*
99. Ivan Cotroneo, Monica Rametta, *14 giorni. Una storia d'amore*
100. Paola Mastrocola, *Diario di una talpa. Storia di una resistenza silenziosa*
101. Mauro Covacich, *Colpo di lama*
102. Andrea De Carlo, *Il teatro dei sogni*
103. Ermanno Cavazzoni, *La madre assassina*
104. Mariolina Venezia, *Da dove viene il vento*
105. Elena Loewenthal, *La carezza*
106. Silvio Danese, *Intervista alla sposa*
107. Giorgio Dell'Arti, *Gli onorevoli duellanti. Ovvero il mistero della vedova Siemens*

108. Giovanni Comisso, *Gente di mare*
109. Edoardo Nesi, *Economia sentimentale*
110. Andrea Salonia, *odiodio*
111. Dacia e Fosco Maraini, *Il gioco dell'universo*
112. Enrico Dal Buono, *Siete tutti perdonati*
113. Giorgio Scerbanenco, *Sei giorni di preavviso*
114. Giorgio Scerbanenco, *La bambola cieca*
115. Umberto Eco, *Il cimitero di Praga*
116. Umberto Eco, *Baudolino*
117. Edith Bruck, *Il pane perduto*
118. Francesca Serafini, *Tre madri*
119. Giampiero Rigosi, *Ciao Vita*
120. Carmen Pellegrino, *La felicità degli altri*
121. Diego Marani, *La città celeste*
122. Laura Pariani, *Apriti, mare!*
123. Michele Ainis, *Disordini*
124. Goliarda Sapienza, *Lettere e biglietti*
125. Loreta Minutilli, *Quello che chiamiamo amore*
126. Guido Maria Brera con I Diavoli, *Candido*
127. Antonella Boralevi, *Tutto il sole che c'è*
128. Giacomo Debenedetti, *16 ottobre 1943*
129. Valerio Valentini, *Però l'estate non è tutto*
130. Giuseppe Cesaro, *31 Aprile*
131. Giorgio Ficara, *Vite libertine*
132. Fabrizio Gatti, *L'infinito errore*
133. Cristina Battocletti, *Giorgio Strehler. Il ragazzo di Trieste*
134. Giorgio Scerbanenco, *La luna sulla pineta*
135. Pier Luigi Amata, *Il pugile ragazzo*
136. Giorgio Scerbanenco, *Nessuno è colpevole*

137. Giorgio Scerbanenco, *L'antro dei filosofi*
138. Giancarlo Marinelli, *11*
139. Pierluigi Battista, *La casa di Roma*
140. Alessio Forgione, *Il nostro meglio*
141. Massimo Maugeri, *Il sangue della Montagna*
142. Roberto Andò, *Il bambino nascosto (nuova edizione film)*
143. Roberto Pazzi, *Hotel Padreterno*
144. Ugo Cornia, *La vita in ordine alfabetico*
145. Edith Bruck, *Andremo in città*
146. Raffaele Nigro, *Il cuoco dell'imperatore*
147. Marianna Aprile, *In balia*
148. Luca Ricci, *Gli invernali*
149. Pietrangelo Buttafuoco, *Sono cose che passano*
150. Stefano Vicario, *Il re degli stracci*
151. Luca Doninelli, *Tu credi che io dorma*
152. Alessia Biasatto, *Sacrilegio*
153. Gian Antonio Cibotto, *Cronache dell'alluvione*
154. Mario Biondi, *Rosa d'Oriente*
155. Edith Bruck, *Lettera alla madre*
156. Giorgio Montefoschi, *Dell'anima non mi importa*
157. Giorgio Scerbanenco, *Venere privata*
158. Giorgio Scerbanenco, *Traditori di tutti*
159. Elena Stancanelli, *Il tuffatore*
160. fratelli D'Innocenzo, *Trilogia*
161. Antonella Boralevi, *Magnifica creatura*
162. Guido Tortorella, *La Società dei rimandati a settembre*
163. Marcello Simoni, *La dama delle lagune*
164. Lucio Pellegrini, *La Linea*
165. Crocifisso Dentello, *Tuamore*

166. Viola Di Grado, *Fame blu*
167. Luigi Guarnieri, *Il segreto di Lucia Joyce*
168. Dario Voltolini, *Il Giardino degli Aranci*
169. Pacifico, *Io e la mia famiglia di barbari*
170. Franco Cordelli, *Tao 48*
171. Ermal Meta, *Domani e per sempre*
172. Letizia Muratori, *Vita da donna*
173. Giorgio Scerbanenco, *Si vive bene in due*
174. Giovanni Comisso, *Un gatto attraversa la strada*
175. Massimo Tedeschi, *Il giardino dei cedri*
176. Boris Pahor con Cristina Battocletti, *Figlio di nessuno*
177. Cesare Zavattini, *Diari 1941 -1958*
178. Andrea Canobbio, *La traversata notturna*
179. Enrico Dal Buono, *Ali*
180. Sandro Veronesi, *Il colibrì* nuova edizione
181. Lucrezia Lerro, *Gli uomini che fanno piangere*
182. Veronica Tomassini, *L'inganno*
183. Francesca d'Aloja, *Spiriti*
184. Giorgio Scerbanenco, *I ragazzi del massacro*
185. Giorgio Scerbanenco, *I milanesi ammazzano al sabato*
186. Andrea De Carlo, *Io, Jack e Dio*
187. David Grieco, *Miracolo a New York*
188. Sapo Matteucci, *Per futili motivi*
189. Ermanno Cavazzoni, *Il gran bugiardo*
190. Mauro Covacich, *L'avventura terrestre*
191. Massimo Zamboni, *Bestiario selvatico*
192. Massimiliano Parente, *Giulia Bignami, Volevo essere Freddie Mercury*
193. Luca Ricci, *I primaverili*
194. Enrico Pellegrini, *Infinito*

195. Camillo Langone, *La ragazza immortale*
196. Cesare Zavattini, *Diari 1961-1979*
197. Fulvio Abbate, *Lo Stemma*
198. Giorgio Scerbanenco, *Milano calibro 9*
199. Mimmo Borrelli, *La cupa*
200. Salvatore Niffoi, *Nate sotto una cattiva luna*
201. Federica Pellegrini, *Oro*
202. Elvira Dones, *La breve vita di Lukas Santana*
203. Raffaele Simone, *Jazz Café*
204. Giorgio Scerbanenco, *Il cane che parla*
205. Giorgio Scerbanenco, *Lo scandalo dell'osservatorio astronomico*
206. Cristina Battocletti, *Epigenetica*
207. Edoardo Nesi, *I lupi dentro*
208. Nicolò Moscatelli, *I calcagnanti*
209. Gian Antonio Cibotto, *Stramalora*
210. Laura Pariani, *Selvaggia e aspra e forte*
211. Antonio Rezza, *Il Fattaccio*
212. Giorgio Scerbanenco, *Né sempre né mai*
213. Giovanni Comisso, *Cribol*
214. Roberto Pazzi, *La doppia vista*
215. Viola Di Grado, *Marabbecca*
216. Marcello Simoni, *Morte nel chiostro*
217. Stefano Jacini, *La cuoca di Radetzky*
218. Stefano Vicario, *Acqua di fiume*
219. Luca Ricci, *Gotico rosa*
220. Francesca Manfredi, *Il periodo del silenzio*
221. Dario Voltolini, *Invernale*

Finito di stampare
nel mese di febbraio 2024
presso
Vela Web S.r.l. - Binasco (MI)

Printed in Italy